어머니의 자리

어머니의 자리

발행일   2016년 10월 28일

지은이   권 대 순
펴낸이   손 형 국
펴낸곳   (주)북랩
편집인   선일영   편집   이종무, 권유선, 안은찬, 김송이
디자인   이현수, 이정아, 김민하, 한수희   제작   박기성, 황동현, 구성우
마케팅   김회란, 박진관
출판등록 2004. 12. 1(제2012-000051호)
주소   서울시 금천구 가산디지털 1로 168, 우림라이온스밸리 B동 B113, 114호
홈페이지 www.book.co.kr
전화번호 (02)2026-5777   팩스   (02)2026-5747

ISBN   979-11-5987-238-9 03810(종이책)   979-11-5987-239-6 05810(전자책)

이 도서의 국립중앙도서관 출판예정도서목록(CIP)은 서지정보유통지원시스템 홈페이지(http://seoji.
nl.go.kr)와 국가자료공동목록시스템(http://www.nl.go.kr/kolisnet)에서 이용하실 수 있습니다.
(CIP제어번호 : CIP2016025624)

어머니의 자리

권대순 지음

북랩 **book** Lab

시작하는 글

이 글은 나의 어머니에 국한局限하여 쓴 자서전自敍傳이 아니다. 우리나라 모든 어머니의 희생과 헌신과 그리고 가족 사랑에 대하여 일부분이나마 대변代辯을 하고 싶은 글이다.

어머니들의 삶은 이것저것을 선택해서 받아들이지 않으셨다. 운명처럼, 아무런 조건 없이 헤쳐 나가셨다. 천수답天水畓을 경지 정리耕地整理하고 있는 불도저bulldozer처럼 오직 삽날 앞쪽에 모아진 거대한 흙더미를 낮은 곳으로 밀고 나가서, 평평하고 바둑판처럼 반듯반듯하게 정형화定型化된 들판을 만드셨다. 유리하다 아니면 불리하다를 재면서 살지 않았다. 두 가지 경우의 수를 가지고 어떤 것이 본인에게 쉬운 것인가를 겨주지 아니하고 살아오신 분들이다. 오직 윗대인 시어머니 및 그 윗대의 어른들이 해 오신 것이 규범規範이 되고, 제일 먼저 웃어른을 마음 편하시게 모시는 것부터가 가정의 안위安危와 행복幸福이 된다고 믿었다. 그렇게 함으로써 그 복들이 자식들에게 돌아간다는 헌신 獻身으로 일평생을 살아오신 분들이다. 어머니 자신을 위한 치장 治粧이나, 육체적인 편안함은 사치에 불과하며, 감히 곁에 둘 생 각조차 하시지 않은 분들이다.

세상을 살아가는 데는 정답이 없다. 조금 더 정확하게 표현을 한다면 살아가는 방법이 아주 다양하다는 뜻이기도 하다. 요사 이 '나는 우리 어머니처럼 절대로 살지 않겠다'고 말하는 딸들을 종종 볼 수가 있다. 차마 인간으로서 감당勘當할 수 없는 고통苦 痛을 감내甘來하며 살아오신 어머니들이다. 길고 긴 시간을 옆에 서 지켜본 같은 여자의 입장에서 엄두가 나지 않는 것이다. 인 내와 끈기, 근면과 절약의 정신이 습관으로 몸에 밴 어머니의 삶 이 존경스러우면서도 한편으로는 내가 행동으로 실천하기에는 치를 떨 만큼 싫은 대상이 어머니들의 삶이다. 혹여 참아내었다 고 하더라도, 그 삶에 나의 삶을 포개고 싶지 않음을 분명히 밝 히는 것이다.

휴먼네트워크연구소장 양광모 님의 글에 "뭘 이루고 싶으면 사 람들이 말하는 확률이나 통계를 믿지 마라. 이루고 싶은 꿈이 있 다면 할 수 있다와 할 수 없다 두 가지 경우만 존재할 뿐이다. 이 두 가지 경우의 수가 일어날 확률은 가능하다고 믿으면 100%가 되고, 불가능하다고 생각하면 0%가 되는 것이다"고 했다. 그러나 우리네 어머니들은 '모 아니면 도'가 아니라 무조건 '모'를 만들어 내는 분들이었다. 시간이 문제일 뿐이지 언젠가는 꼭….

동천년항장곡桐千年恒藏曲이요, 매일생한불매향梅一生寒不賣香이라,

오동은 천 년을 늙어도 항상 가락을 지니고, 매화는 일생 동안 추워도 향기
를 팔지 않는다.

이 명언은 우리들의 어머니의 삶에 견줄 수 있는 글귀가 아닌 가 생각해 본다.

신神은 모든 곳에 있을 수 없기에 어머니를 만들었다고 한다. 이 지구상에 현존하는 생물 중에 최고로 희생적이며, 헌신적으로 가정을 보살피며 자식들을 성장시키는 분들이 우리들의 어머니이시다. 그래서 우리 사남매의 자식 중에 누군가가 손수 글을 써서 어머니의 자서전自敍傳을 남기고 싶었다.

글이 다듬어지지 않아 우둘투둘하면 어떠랴!

남들이 읽어주지 않아도 서운하지 않으리라!

그냥 활자活字로 인쇄印刷되어 존재하는 것으로 만족滿足할 것이다.

어머니, 애쓰셨습니다!
그리고 사랑합니다.

2016년 단풍이 들고, 서리가 내릴 때. 서울 용산에서
이차교, 권혁근 님의 차남 권대순 쓰다

시골 의사가 쓴 격려의 글

나이에 상관없이 '어머니'라는 단어는 사람들을 숙연하게 만드는 마력魔力이 있다. 칠순七旬의 나이지만 '어머니 마음'이라는 노래를 흥얼거려보면 더 찡함이 있다. 돌아가신 지 20여 년이 지난 어머니지만…:

나실 제 괴로움 다 잊으시고

기를 제 밤낮으로 애쓰는 마음

진자리 마른자리 갈아 뉘시며

손발이 다 닳도록 고생하시네

하늘 아래 그 무엇이 넓다 하리오

어머님의 희생은 가이 없어라.

1930년대에 국문학자 양주동 님 시에 감동한 이흥렬 님이 곡을 붙였다.

쉽지 않은 생각을 하고 긴 시간을 극복해서 책을 출간出刊하심을 진심으로 축하한다. 그리고 애 많이 썼음에 격려를 해 주고 싶다. 전문 문학인이 아니면서 오직 어머니의 마음을 헤아리고 그 곁으로 가보겠다는 의지를 굽히지 않고 생각했던 목표를 향해 꾸준하게 정진精進하는 것이 결코 쉽지 않음을 왜 모르겠는가!

직장인으로, 가장으로 직분을 간단없이 헤쳐 나가면서, 여가餘暇를 이용해서 한 자, 한 줄의 글자를 써 모았으리라 생각이 된다. 그것도 이 세상에서 가장 존경하는 어머니에 대한 자서전自敍傳이었으니 곁에서 보는 나 또한 벅찬 감정이 온다.

70여 년 전 우리 어머니를 생각해 본다. 자식들에게 넉넉하게 못 먹이고, 못 입혀서 늘 고심하던 어머니의 모습이 떠오른다. 우리들이 배곯았으니 어머니는 거의 굶었을 것이다.

그러나 내색 없었던 그 교훈이 근검절약하는 초석礎石이 되었다.

권대순 씨를 만난 것이 대략 10여 년 전이다. 서울 강남에 있는 군인공제회관 사우나에서 만났다. 건강한 젊은이 두 명이 같이 다녔다. 안타깝게도 한 젊은이는 우측 다리가 없는 외발 장애인障碍人이었다. 궁금했지만 물어볼 수가 없었다.

시간이 흘러 서로 인사를 나누는 사이가 되고 간간이 약주도 한 잔씩 하게 되었다. 장애인은 1991년 강원도 인제 육군12사단에서 중대장으로 군軍 작전作戰을 수행하다가 지뢰를 밟았다. 그때 우측 다리를 잃었다. 두 사람은 육군3사관학교 동기생으로, 지금은 같은 직장의 동료로 서로 도와주며 목욕하는 모습이 참 보기가 좋았다.

두 사람 중에 장애인은 홍상우 씨, 한 사람은 권대순 씨였다.

수구초심首丘初心이 뭔가?

여우가 죽을 때 제가 살던 굴이 있는 언덕 쪽으로 머리를 둔다는 뜻으로, 고향을 그리워하는 마음을 이르는 말이 아니던가. 고향을 그리워한다는 것은 곧 어머니의 품을 그리워한다는 말과 일맥상통一脈相通할 것이다.

나의 고향은 경북 영양英陽이다. 일찍이 학교생활과 의원을 돌보느라 객지를 전전하며 생활했다. 서울 서초에서, 고향 가까운 안동安東 용상龍上으로 이전하여 치과의원을 경영하고 있다.

나야말로 수구초심首丘初心으로 고향 곁으로, 땅속에서 고이 잠든 어머니 곁으로 찾아온 것이다. 비록 어머니는 저세상으로 가셨지만….

서울에 있을 때 권대순 씨가 나에게 물었다. 설 또는 추석 명절에 고향 영양英陽을 갔다가 귀경歸京할 때 시간적인 여유가 있는지를 물어왔다. 노인들만 있는 고향 안평면 박곡동 마을회관에 들러 무료 치과진료를 요청한 적이 있었다. 결국은 뜻을 이루지는 못하였지만, 어른을 공경하는 마음과 애향심이 남다른 젊은이로 생각을 했다.

권대순 씨가 쓴 책『어머니의 자리』는 수년간 자료를 수집하고 소소한 일상을 때 묻지 않은 마음으로 정성껏 써서 내려간 흔적에 흡족했다.

예술성과 문학성은 차제次第라고 생각한다.

자식 된 도리로 어머니에 대한 기록을 남기는 자체를 높이 평가하며 권대순 씨 모친의 만수무강萬壽無疆과 가내의 건강과 행복을 빈다. 어머니의 인생이 녹아있는 기록서『어머니의 자리』출간을 다시 한 번 축하하면서, 독자讀者들과 공감共感했으면 하는 바람이다.

2016년 10월에 치과의사 안규소* 씀

---

* 치과의사 안규소 님은 1945년 경북 영양에서 출생, 경북고교와 서울대 치과대학을 졸업, 우리나라 임플란트 시술 1세대로 미국 뉴욕주립대 보철과와 미쉬 임플란트센터를 유학, 서울 서초구에서 '안규소 치과의원'을 운영하다가 2014년 안동 용상으로 이전하여 치과의원을 운영하고 있다. 연세대 치대 보철과 외래 교수로 재직 중이며, 저서로는『안규소의 임상 총의치 매뉴얼』이 있다.

어머니의 삶을
그려보면서

2012년 여름으로 기억이 된다.

형님은 내가 근무하고 있는 서울 강남구 도곡동 군인공제회로 전화를 했다. 서울 강북에서 사업과 관련하여 사람을 만나고 형님의 사무실이 있는 강남지역 양재동으로 오고 있는데 만날 수 있는 시간이 허용되는지를 물어왔다.

형님은 만나자마자 불쑥 책 한 권을 내밀었다. 자신은 다 읽은 책인데 나에게도 그 책을 읽어 볼 것을 권유하면서 읽은 후 되돌려 달라고 했다. 책의 제목은 신경숙 작가가 쓴 『엄마를 부탁해』였다.

사업상 바쁜 시간을 사용하고 있는 형님이 일부러 전해준 책이기에 부지런히 읽고 또 읽었다. 감동스러운 부분과 안타까움과 뭉클한 사연이 있는 문장에서는 연필로 줄을 그으면서 읽었다. 형님에게 돌려줘야 될 책이기에 형님에게 허락을 받은 후에 밑줄을 쳤다.

한참 지난 시간에 책을 형님에게 돌려주기로 약속하고 만났다. 책을 읽은 소감을 서로 이야기했다. 우리 사남매가 어릴 때 경북 의성 안평이라는 면단위面單位의 시골에서 성장할 때의 모습과 흡사恰似했던 게 그 책의 줄거리였다. 사남매 중에 누나는 결혼을 해서 대구광역시 고성동에 살고 있고, 형님과 남동생 그리고 나는 서울에서 가정을 이루어 살고 있다.

그 책『엄마를 부탁해』에는 어머니의 실종失踪으로부터 이야기가 시작된다. 어머니에 대한 헌신적인 사랑에 대한 자식의 입장에서 반성함이 늦지 않았음을 고백한다. 아직 사랑할 시간이 많이 남았음을 통절慟絶하게 깨우쳐주기도 한다. 항상 절실切實했던 곳에서 희생을 하고 중요한 일을 했지만, 어머니라는 이유로 정당하게 인정도 못 받고 무시당하고 보상도 보류保留되었다. 실종된 어머니를 찾을 가능성이 줄어들수록 어머니의 의미는 점점 커지고, 가슴속으로부터 어머니의 존재와 소중함을 느끼면서 후회를 인정하게 된다. 우리 모두의 어머니상像을 간직한 사랑의 상징象徵을 환기換氣시키는 소중한 감정에 호소呼訴하는 결말結末이다. 나의 어머니는 어떠한 어린 시절을 살았으며, 어떤 꿈을 꾸며 자식들과 남편에게 왜 그렇게 헌신獻身했는지, 또 차마 말할 수 없는 어떤 사랑의 비밀을 가슴에 담고 있는지 궁금했고, 파헤쳐 보고 싶었다.

그 책 속의 그려진 어머니의 삶은 나의 어머니와 비슷했다. 아니 지구상의 모든 어머니와 같은 모습으로 자식을 위하여 정성을 쏟고, 희생으로 모인 이슬방울로 자식들을 성장시켜가는 모습을 눈으로 보며 가슴으로 담아가는 소설이었다. 마음이 찡한 책이었으며 깊은 감동과 공감을 느꼈다.

그 자리에서 형님은 울컥 감정이 북받쳐서 눈물을 쏟아낸다. 양복 상의의 주머니에서 아무렇게나 쑤셔 넣었던 휴지 조각을 꺼내어 눈물을 닦아낸다. 대낮의 환하게 밝은 커피숍에서, 옆자리 젊은이의 힐긋힐긋거림도 불편했다. 한참의 시간이 지나 마음을 가다듬고 말을 이어간다. 학생 때에는 글쓰기를 좋아했던 문학도文學徒였는데 삶이 자신을 많이도 굴절屈折시켰다고 했다. 먹고 살기 위하여 용을 쓰기도 하고, 5남매의 자식들을 성장시키기 위해 아버지로서 여유가 없었다고 했다. 누가 모르겠는가, 옆에서 지켜본 동생인 내가 낱낱이 기억하는 찡한 내용들인데….

형님은 그 책을 읽고 작정作定을 했다. 우리 어머니의 정성과 희생하신 삶을 자서전自敍傳 형식으로 글을 써야겠다고 다짐했다. 작은 기업체이지만 혼자 쓰는 사장 사무실의 문을 닫아놓고 컴퓨터를 앞에 두고 자판을 두들겨 보았다. 젊은 시절에는 글쓰기를 곧 잘해서 문학적 재능이 있다고 생각은 했지만, 그동안 소홀疏忽히 한 세월이 많이 지난 뒤였다. 생각했던 의욕意欲만으로는 글쓰기가 되지 않았다. 결국은 습작習作이 잘 되지 않아 어머니의 희생을 담은 자서전自敍傳 쓰기를 포기했다.

그러면서 본인이 이룰 수 없는 어머니에 관한 이야기를 한 10여년 글을 써서 책으로 출간出刊하면 좋겠다고 간청懇請을 하고는 자리를 떠버렸다. 당황스러웠다. 묵직한 무게가 어깨를 짓눌러왔다.

『엄마를 부탁해』는 작가 신경숙이 작품을 완성하여 2008년 11월 5일 출판사 창비에서 발간된 장편소설이다. 서울역에서 자식의 집에 가려다 남편의 손을 놓쳐 실종된 어머니를 찾는 가족애를 그려내었다. 2009년 9월 미국에서 영문 번역 판권이 팔렸다. 2015년에 표절 논쟁의 대상이 된 작품이기도 했다.

형님이 나에게 차용증도 없이 돈錢을 달라고 한 것도 아니었다. 보증을 서서 그 담보로 은행에서 돈을 꿔달라는 것도 아니었다. 내가 살고 있는 집을, 형님의 이름으로 등기를 변경해 달라는 부탁도 아니었다. 같은 형제로서 우리를 낳아주고, 정성과 희생으로 키워주신 어머니에 대해서 자서전自敍傳을 활자로 남겨보자는 간절한 뜻을 전한 것인데, 그것도 자신이 손수 먼저 글쓰기를 해봤다고 하지 않는가! 글을 써보니 생각했던 것처럼 잘 쓰이지 않았다고 하지 않았던가! 동생은 낙서의 수준이지만 시집詩集을 책으로 낼 만큼 글쓰기를 즐기고 있지 않는가! 그리고 동생 앞에서 눈물까지 보이면서 호소呼訴를 하는 것인데, 간절懇切했으리라 생각이 들었다. 어머니의 흔적 남기기에 목말라 하고 있었던 것이 분명했다.

어머니는 경상북도 안동군 와룡면 주하2동 31번지 뒷골에서 1934년 12월 10일 출생하셨다. 3남 5녀 중에 두 번째, 차녀로 태어나서 작명作名은 한학자이셨던 외할아버지 이명걸李命杰 님께서 다음 차次자 아름다울 교嬌자로 '이차교'로 지었다.

어머니의 친정, 그러니까 우리에게는 외가의 집안은 진성이씨眞城李氏 낙금헌파(안동파) 23세손으로, 이퇴계 어른 조부의 백부伯父 가문이다. 동네 이름 주하동의 두루라는 곳은 낙금헌파 종가가 있는 곳이다.

어머니가 태어나시던 해 경북 안동에는 일제강점기로 큰 홍수가 나서 영호루映湖樓가 건립 이후 다섯 번째로 유실을 겪었다. 그해 7월에 낙동강 상류의 안동 제방이 결궤決潰되어 시내는 전멸상태였으며, 교통두절과 영호루가 유실되어 누상에 피난했던 백여 명의 시민이 행방불명되었다.

안동 영호루映湖樓의 건립년도는 기록이 없어 알 수 없으나, 고려 공민왕恭愍王 10년, 홍건적의 난이 일어나서 왕이 이곳 복주福州로 백관百官을 거느리고 피난하였다는 기록이 있다. 복주는 안동의 옛 지명으로 그 영향인지 안동에는 복주여자중학교 및 복주초등학교가 현존하고 있다.

또 어머니가 태어나던 1934년에는 낙동강을 건너갈 수 있는 안동교安東橋가 완공이 되었다. 안동시 옥야동과 정하동을 연결하며 교통량이 많아서 지금은 인도교人道橋 전용으로 사용되고 있다. 안동교를 중심으로 동쪽의 영호대교는 1998년 건설되어 차량 전용으로 운영 중에 있다. 영호루映湖樓는 영호대교 남쪽 가까이에 자리하고 있다.

우리 어머니는 태어나던 해부터 큰 홍수洪水와 국가교통의 동맥動脈이 될 교량의 건립 등 애환哀歡과 기쁨의 기운을 받으며 이 땅과 인연因緣을 시작하게 되었다.

어머니와 63년을 같이하신 아버지는 혁근赫根 님이시다. 아버지는 경북 의성군 안사면 중하동 1175번지(1990년 4월 1일 이전은 의성군 신평면) 경주이씨 외가에서 1935년 11월 26일 출생하셨으며, 어머니보다 한 살 연하年下이시다. 할아버지 오택五宅 님과 할머니 이몽성夢成 님의 장남으로 출생하시고, 큰할아버지인 오성五星 님의 양자로 입적이 되었다.

옛 호적등본에는 1954년 2월 25일 양자로 입양되었다는 기록이 있다. 어머니의 구전口傳으로는 출생하자마자 갓난아이 때부터 아버지의 큰아버지 오성五星 님 집에서 성장하셨다. 호적등본에 기록된 양자입양 일자는 어머니와 결혼한 이후 날짜로 신뢰성이 떨어져 보인다. 또한 아버지 본인이 성장할 때의 모습을 우리 자식들에게 말해 주던 것과 큰고모 숙임淑姙 님의 이야기를 가늠해 볼 때 갓난아기 때 양자로 입적이 되었다는 어머니의 말씀이 더 신빙성信憑性이 있다. 옛 국가행정서류의 기록된 일자는 민원인의 의뢰날짜를 기록한 것이니 차이가 생겼으리라 판단이 된다.

1954년 4월 5일, 어머니와 아버지가 혼인신고로 기록되었으니, 아버지 19세, 어머니는 20세였다. 그러나 어머니의 기억으로는 6·25전쟁이 휴전되던 해인 1953년 11월 12일에 혼례식을 올렸으니, 아버지 18세, 어머니는 19세였다.

어머니와 아버지 자식으로 우리는 사남매가 태어났다. 맏딸 필희畢姬, 맏아들 영순永純, 차남 대순大純, 3남 철순徹純으로 1녀 3남으로 태어나, 결혼하여 가정을 꾸려 살아가고 있다. 이웃과 비슷하게, 평범하게.

누나가 맏이기 때문에 어머니에 관한 자료를 모아 소박한 자서전自敍傳을 내는 게 어떠한지를 상의했다. 돌아오는 대답은 일언지하一言之下에 반대했다. 기록으로 남기는 보람도 있지만, 어머니의 출생으로부터 지금까지 살아오신 삶을 쓴다면 곧 우리 사 남매들의 생활인데, 개인 가정사를 모두 벗겨 남에게 한 올, 한 올 다 보여야 할 이유가 없지 않느냐고 잘라 말한다.

그렇지만 『어머니의 자리』라는 제목으로 기록이 활자活字로 남 겨진다는 것만으로도 보람과 긍지矜持를 삼으려고 한다. 혹여 남 들에게 읽히지 않더라도 활자로 보존保存하는 그 자체만으로도 자식으로 해야 할 도리에 다가설 만한 일이기에 한 단어씩 엮어 볼 요량料量이다.

어머니의 고향
주하리 뒷골

　외가 동네 뒷골은 안동시 와룡면 소재지에서 약 8㎞, 20리 정
도 떨어져 있다. 아랫동네 신부골은 1.5㎞ 정도 떨어져 있으며,
신부골에서 산 계곡 쪽으로 올라와 마지막 마을이라 하여 뒷골
이라 한다. 어머니는 태어나서 혼인婚姻하여 신행新行을 갈 때까
지 뒷골이라는 동네에서 살았으며 모두 5집이 모여 살았다.

　동네 전체가 진성이씨眞城李氏 집성촌으로 집집마다 서로의 내
력을 훤히 꿰뚫고 있었다. 뒷골댁, 주실댁, 중평댁, 쇠장골댁의
네 집과 외할머니의 택호宅號를 붙여 석산石山댁이 모여 살았다.
석산댁이라는 택호는 외할머니의 친정동네 이름 돌미에서 따 온
것이다. 돌미라는 지명은 돌의 묘, 돌의 언덕쯤 해석이 되는 것
같다. 돌이 모여 있는 언덕이니, 한자로 바꾸어 석산石山으로 택

호를 붙인 것 같다. 진성이씨라는 명문가문에 버금가도록…. 5 집은 한 집안같이 농사를 지으면서 품앗이로 서로 도와주며 재미있게 살았던 전형적인 산골 마을이었다.

사방이 그리 높지 않은 산으로 둘러싸여 있다. 산의 높이는 250m 내외였다. 크고 작은 소나무 숲으로 이루어져 쉽게 버섯을 따기도 했다. 겨울이 오면 수꿩이 외갓집 재래식 변소 근처까지 내려와 놀기도 하고 그러다가 사람들이 가까이 가면 '꺼겅 꺼겅' 홰를 치며 날아가곤 했던 곳이다.

전깃불도 굉장히 늦게 들어왔지만 1970년대까지도 리어카 길도 없이 사람과 우마차牛馬車가 겨우 다닐 수 있는 농로가 전부였다.

외갓집은 동네에서도 산 쪽에서부터 두 번째 집이다. 동네 전부가 울타리의 담이 조금만 있고 대문도 없이 사는 평화로운 산골 마을이었다. 대문이 없었으니 물론 도둑도 없었다. 변소便所는 전형적인 농촌가옥처럼 본채와 떨어져 얼기설기 벽을 가리고 눈비雪雨만 피하도록 지붕을 덮어씌웠다.

으레 변소 옆에 한그루 정도 있었던 과일나무는 돌배나무였다. 꽤 큰 키에 과일은 땡초같이 작지만 껍질 속의 단내와 향은 코끝을 자극하기에 충분하였다.

산골 마을이지만 우리나라의 꽃 무궁화가 꽤 여러 포기 심겨 있었다. 동네 길에서 외갓집을 들어오는 입구 담장을 끼고 몇 그루가 제법 솔깃하게 담장을 넘어왔으며, 나무의 특성처럼 끈기 있게 꽃을 피워 애국심을 북돋았다. 외갓집은 보신탕狗肉을 참 좋아했다. 멍석말이를 한 개가 숨이 끊어지면 무궁화나무 밑으로 가져와 엄지손가락 굵기의 무궁화나무 가지를 베어 어금니에 깊숙이 넣고 새끼줄로 주둥이를 틀어 묶어 만일을 대비했다. 목숨이 살아나더라도 입으로 사람을 해치지 못하도록 조치였다. 그런 다음 지게로 져서 외가 건넛집 근처의 작은 연못 주변에서 볏짚을 태워 털을 그을리고 배를 갈라 깨끗이 손질을 하였다.

그 연못의 물은 깨끗하기도 하지만 샘까지 있어 맑은 물이 항상 졸졸 흘렀다. 땅에서 솟는 물 때문인지 누가 정성을 기울이지 않아도 미나리가 파릇파릇 잘 돋아나 자라고 있었다. 외갓집은 산골 마을답지 않게 우물 대신에 펌프를 빨리 설치해서 사용했다. 마당 가장자리이면서 부엌과 가까이 있어 외숙모가 물 쓰는데 발걸음을 줄이는 거리에 있었다. 펌프의 배기 바킹pack-ing의 틈새가 생겨 쉬 물이 지하로 내려가곤 했었다. 펌프를 사용하려면 으레 마중물을 몇 바가지를 넣어 펌프 손잡이를 자아 물을 뽑아 올랐다. 산속의 마을이었지만 지하수는 풍족했으며, 누구나 그랬듯이 펌프 주변에서 큰 대야에 물을 받아놓고 물놀이도 했다.

외갓집에서 500m 정도로 떨어져 있는 큰 저수지는 아랫동네 논에 물을 대어주는 젖줄 역할을 했다. 사각 콘크리트 통로로 암거배수暗渠排水 장치가 되어 있었다. 배수장치는 저수지 안쪽 둑을 따라 경사를 이루며 물을 가두는 지면까지 설치가 되어 있었다. 약 50㎝ 간격으로 배수구에 설치된 구멍에 큰 통나무를 깎아서 막아 뒀다가 저수량이 떨어지면 통나무의 마개도 점점 낮춰가며 제거하는 방식으로 저수량을 조절했다.

외가동네 주하리는 1리와 2리로 나누었다. 주하1리에는 두루와 마창골이라는 동네가 있으며, 주하2리에는 신부골, 동막, 신그네, 뒷골 등의 마을이 있다. 두루 또는 주촌周村은 진성이씨眞城李氏 종파宗派가 600여년을 세거世居해 온 터전이다. 처음에는 마을이 산으로 둘러싸인 들에 형성되었다고 하여 주촌이라 불렀으며, 나중에는 이로촌二老村으로 부르다가 오랜 세월 동안 마을이 두루 평안하다고 하여 지금은 두루라고 부르고 있다.

두루의 입향시조入鄕始祖는 이운후 공의 아버지인 송안군松安君 이자수李自脩 공으로 왜구를 피해 삶의 터전인 청송군 파천면을 떠나 마라촌磨羅村, 풍산면 마애리에 이거移去하였다가 만년晩年에 두루로 옮겨왔다. 현재 마을 두루에는 진성이씨 대종택인 경류정慶流亭이 있으며, 그 건너편에는 임진왜란 때 의병장으로 활약한 낙금헌樂琴軒 이정백李庭栢 선생을 향사享祀한 유암서원流巖書院이

자리잡고 있다.

신부골新富谷은 두루로부터 북쪽에 위치한 마을로 1720년경에 봉화금씨와 선성이씨가 개척하여 살다가 타지로 떠나고 뒤를 이어 안동권씨가 새로 입향하여 새 부자가 생겼다고 하여 신부新富골이라 부르게 되었다.

고향 의성 안평에서 외갓집 안동 와룡 뒷골까지는 중앙선中央線 기차를 타고 다녔다. 의성역에서 기차를 타고 안동 마사역麻仕驛에서 내려 역사驛舍옆 가까이 있는 조그마한 야산 길을 넘어서 신붓골을 지나서 주하리 뒷골로 다녔다.

마사麻仕라는 지명의 유래는 1700년경 마을을 개척할 당시에 마麻를 많이 재배하였고 주민들은 마가공麻加工 기술이 능했다 하여 마사麻仕라 했다.

마사역의 행정구역은 안동 북후면 도진리 12-1이다. 옛 지번 주소로 그렇다.

마사역에서 뒷골 외가까지는 약 10리, 4㎞로 1시간 정도 걸어 다녔다. 철이 들기 전 초등학교 때 외가를 많이 다녔다. 그때의 어린아이의 신발은 검정고무신이 대세大勢였다. 고무신는 질기고 약간의 신축성도 있었다. 연세가 많으신 할아버지는 갓과 두루막을 갖추고 흰색 고무신을 신는 것이 주된 의관衣冠이었다.

마사역麻仕驛 인근의 야산 길은 토질이 마사토磨砂土로 모래 같은 입자로 형성이 되어 있었다. 오르막길을 오르려면 미끄러져 힘이 들었다. 검정고무신 바닥에 마찰력이 없어 대다수는 쭉 미끄러져 아래쪽으로 내려오면 여러 차례 도움닫기를 하여 오르막을 오르곤 했다.

요사이 서울에 살고 있는 외사촌과 이종사촌이 모여 모임을 한다. 아랫대의 자식들까지 모이면 한 30여 명이 된다. 그 모임의 이름을 외할아버지 호를 따라 석파회石坡會라고 붙였다. 그 모임에서 이종사촌동생 류시수가 외할머니와 마사역에 대한 추억을 이야기한 적이 있었다. 뒷골 외가에서 보자기에 싼 짐 보따리를 머리에 이고 앞서서 가셨다. 마사역 고갯길을 넘어와 기차를 타는 외손자에게 짐 보따리를 넘겨 주고는 뒤돌아서서 눈물을 훔치시던 외할머니 모습이 생각이 난다고….

그렇게 외할머니는 정이 많으시고, 눈물도 많으신 분으로 손자들의 기억 속에 남아 있다. 참 아련하다. 외손자이든, 친손자이든 모두에게 사랑을 베푸셨던 전형적인 시골 할머니였다. 받은 사랑에 대하여 기억하는 손자와 기억을 못하는 손자의 차이일 뿐이지 외할머니는 사랑을 똑같이 나누어 주셨다.

안동 마사역麻仕驛은 경북 북부지방 산간에 찻길이 없어 교통 해소를 위하여 생겼다. 1956년 3월 1일 역원 무배치 간이역으로 영업을 시작하였다. 역원 무배치 간이역이란 역장도 역무원도 없는 역을 말한다. 역무원이 없기 때문에 표를 발권發券하지 않고 그냥 기차에 오르면 기차 안의 승무원에게 직접 발권을 받아야 했다.

안동 마사역, 이하역이 있는 지역은 일제강점기의 애환哀歡이 묻어 있는 곳이다. 애초의 선로線路는 옛 탑 골의 99칸 집을 가르고 학봉선생鶴峯金先의 산소를 거쳐 두루 종가를 지나며 주하리를 관통하여 영주에 이르는 설계였다. 일본이 우리 민족의 정기를 훼손할 목적으로 계획했으나 안동유림儒林의 절대적인 반대 상소로 그나마 지금의 노선처럼 꾸불꾸불하게 돌아가도록 되었다.

간이역簡易驛은 이용하는 사람이 적어 효율성이 낮아 역장驛長이 배치되지 않고 일반 역驛에 비해 규모가 작은 역을 말한다. 그래서 간이역이라고 하면 정감이 있고, 고향집이 곁에 있든지, 외갓집이 가까이 있든지, 마음이 통하는 친구가 살고 있을 것 같은 느낌이다.

경부선 황간역 정원庭園을 꾸미고 있는 큰 바위에는 최정란 님이 쓴 시가 있다. '고요도 끊긴 어둠, 두 줄기 평행선에, 지향도 끝도 없는, 불 켜진 시그널이, 오가는 세월을 맞아, 문지기로 서 있는가'라고…. 간이역은 그곳의 문지기가 되어 어느 누구든지 따지지 않고 넉넉하게 기다리고 반겨주는 곳이기도 하다.

그뿐인가 시인 함동선은 간이역을 이렇게 노래했다.

기차가 산기슭을 돌아가자

몇 채의 농가 지붕이 다가온다.

(······)

초가을 해가 기운 간이역에 내린 사람들

미루나무에 머물다 간 바람과

구절초를 스치고 지나간 바람을

사진으로 찍을 수 없을까!

카메라 셔터를 연거푸 누를 때

붉은 색깔로 물든 노을이

산기슭을 돌아간 기차를 따라 간다.

안동 마사역도 외할머니의 택호 석산댁의 손자들만 가지고 있는 특유의 바람과 냄새가 진동하는 곳이다. 그 마사역의 바람이 떠오른다.

마사역麻仕驛은 중앙선에 해당되는 역으로 청량리 기점으로부터 238㎞, 대략 600리 떨어져 있다. 안동 옹천역甕泉驛과 이하역伊下驛 사이에 있다. 2007년 11월부터 무배치역으로 등급이 낮아지면서 모든 열차가 정차 없이 통과한다. 석산댁 손주들의 추억

마저도 모두 가지고 그냥 통과를 한다.

국가 경제의 발전으로 개인 승용차 이용이 많아지면서 상대적으로 열차 탑승객이 줄어든 것이 원인이 되었다. 마사역이 번창했던 시기는 대략 40년간으로 1960년대부터 2000년까지로 추측이 된다.

추억이 많았던 외가 안동 뒷골도 변화가 많았다. 고향을 지키시던 큰외삼촌 희정熙正 님도 안동 시내에 거주를 하시면서 농번기農繁期에만 외갓집에서 농사일을 보신다. 자식들이 전부 객지에 나가 있으니, 일거리가 없는 겨울철에는 굳이 와룡 뒷골에 있어야 할 이유가 없었다. 교통이 불편해서 자식들이 들락거리기가 불편하니까.

남녀노소男女老少를 불문하고 외갓집은 늘 따스한 곳이었다. 눈 감고 있으면 잔잔한 울림으로 다가와 마음을 풍요롭게 해 주는 곳이다. 경북 김천에 사시는 98세의 노老 시인 정완영 님은 외갓집을 이렇게 노래했다.

아마도 저 산 너머

외갓집이 없었다면

저리도 저 산빛이

아득할 수 있었을까.

외할매

나를 부르는

산메아리 있었을까.

아마도 저 산 너머

외갓집이 없었다면

저리도 저 구름이

눈부실 수 있었을까.

실개천

흐르는 여울물

송사리떼 있었을까.

외갓집 안동 와룡 뒷골이 그리워진다.

외할아버지 이명걸 님

　어머니의 아버지, 우리에게는 외할아버지가 된다. 그분의 휘자諱字는 명걸命杰 님으로 1987년 작고作故하셨다. 한학자였으며, 호號는 석파石坡이다. 석파라는 호를 풀이하면 돌의 언덕이라는 꽤 서정적抒情的인 냄새를 풍기고 있다. 어릴 때 뵈어오던 외할아버지의 성품과도 잘 어울린다고 생각한다.

　석파라는 호는 외할아버지께서 손수 지으셨다. 석파의 내력은 외가동네 뒷골과 신부골 사이에 돌곶이라는 곳이 있는데 그곳 위쪽의 언덕에 있는 동네, 즉 뒷골이라는 뜻이라고 한다. 석파 돌의 언덕이라고….

　외할아버지가 회갑 때 일가의 어른들이 곡은谷隱이라는 호를 지어 드렸지만 마음에 들지 않아서 쓰시지 않았다. 곡은은 계곡에 숨어 있다는 뜻으로 외가동네 뒷골을 뜻한다고 큰외삼촌 희정熙正 님이 말해줬다. 석파石坡와 곡은谷隱 모두 다 외가동네 이름 뒷골을 나타내지만 움츠려 보이는 곡은에 비하여 석파는 기개氣槪와 생동감이 있어 보인다.

흥선대원군興宣大院君 이하응李昰應 님도 석파라는 같은 호를 쓰셨다. 1863년 아들 명복命福(고종의 아명)을 조선의 26대 왕, 고종으로 즉위시키는 데 결정적인 역할을 했던 분이었다.

아버지가 일흔 정도의 연세에 컴퓨터를 열심히 배워서 이메일로 자식과 손자들에게 소식을 전해줄 때에도 외할아버지의 높은 인품을 소개한 적이 있었다.

그 글을 소개하면 다음과 같다.

너의 어머니는 진성이씨 주촌파로 시조로부터 23세손이다. 지금 있는 진성이씨 족보 중에 파보派譜는 너의 외할아버지이신 이명걸李命杰 님이 위원장으로 재임하시며 주도하셔서 만드신 거다.

그것을 만드실 때 대전에 있는 족보인쇄소에 자주 내왕하시며 의성 안평 우리 집에 자주 들르셨는데 그 족보에는 외할아버지만의 선견지명이 내포되어 있다.

우리나라 족보 기록에 서자庶子를 표시해서 인쇄할 시대였지만 그 어른만은 서자라는 문구를 빼고 족보를 만들자고 의견을 제시하시고, 설득하셔서 성사를 했다.

주촌파 중 일부 편집위원의 항의도 많이 받았지만, 끝까지 서자라는 문구를 제외하여 인쇄하였다. 족보 인쇄가 끝나고 나서 나에게 전하시길 후세 중에 서자들은 고맙다고 이야기할 것이라고 말씀하셨지.

인쇄가 완료되고 족보가 배부된 후, 옛 족보에 서자로 표기가 되어 피해를 보았다든지 아니면 적자嫡子가 아니어서 늘 위축이 되어 있던 서자 중 일부가 외가에 찾아와 음식을 대접하거나 선물을 보내와도 인사만 받았지 재물에는 관심이 없었던 훌륭하셨던 어른이었다. 와룡 가야의 늪실에서 택시로 외할아버지를 모셔가서 음식을 대접해 드리고 집으로 돌아올 때 감사의 징표로 복숭아 접붙인 묘목을 여러 포기를 선물로 주시려 했지만, 굳이 2포기만 받아 오셔서 지금도 외가 뒤뜰에 잘 자라고 있다.

족보 1권의 첫 장에 위원장의 인사 말씀이 있는데 그 글 역시 청렴 겸손이 뼈에 사무치게 표현이 되어 있다.

나는 사위 자식이지만 일 년에 한두 번 만나면 담배 피우는 것도 참으면서 긴 시간을 대화했다. 그래서 그 어른의 뜻을 조금은 알고 있다. 진성이씨 이야기하다가 너무 글이 길어졌고 장황해졌다. 결론적으로 너의 어머니는 진성이씨 시조 석碩자 어른의 23세손이고 퇴계 선생 조부의 백씨 후손이며 파는 주촌파라 한다.

외할아버지는 3형제 중에 장남으로 태어나셨다. 바로 밑에 동생이 6·25사변 중에 월북을 했다. 동생을 대신해서 모질게 고초

苦楚를 겪기도 하셨다. 그러한 연유緣由로 6·25사변 중에는 이불 짐 싸서 지고 안동 와룡에서 죽령竹嶺고개까지 몇 번을 갔다가 왔다.

휴전 이후에 동생의 월북에 대한 문초問招가 걱정이 되어 북으로 가려는 심상心狀이었다.

집에는 까만 눈동자의 8남매의 자식들이 성장하고, 연세가 많으신 어머니도 계시고, 아내 혼자서 어떻게 집안을 감당을 하며 자식을 키울 수 있을까 염려를 하다가 고향으로 발길을 다시 돌렸다.

안동 와룡에서 영주 풍기의 죽령고개까지는 족히 120리, 50㎞ 정도의 거리이다. 120리 길을 걸어가려면 쉴 새 없이 걸어도 12시간 정도이니, 왕복을 하려면 하루 24시간을 꼬박 걸어서 죽령고개까지 갔다가 집으로 다다랐을 것이다.

전쟁 통에 모두가 굶주렸을 텐데 허기진 배를 어떻게 채우셨는지? 의복이나 변변했겠으며, 그 먼 길에 신발과 양말은 형편이 없으셨겠지? 일어난 일들이 모든 게 안타깝고, 나 혼자만의 상상으로는 그때 그곳의 모습들이 그려지지 않고 암울한 터널 속을 헤매는 것 같다. 앞으로 닥칠 일들이 얼마나 초조하고 각박했으면, 생각할 수 없을 정도로 무시무시했으면, 12시간 동안을 걸으며 생각에 잠겨 북쪽으로 향했다가, 너무 높고 커다란 죽령

고갯길 앞에서는 8남매의 까만 눈동자가 눈에 밟혀, 삼수갑산三水甲山을 가더라도 고향집에서 죽자는 심정으로 다시 12시간을 걸어서 돌아오셨겠지.

북한에 의해서 자행된 전쟁은 온 나라의 비극이며 민족의 아픔이며, 한 가족사의 돌이킬 수 없는 시련을 가져다주었다.

아버지는 외할아버지에게 둘째 사위이다.

대부분 장인과 사위 사이는 그다지 편하고 자유로운 관계가 아니지만 두 분은 그런대로 잘 통하셔서 말씀도 많이 하시고, 갑론을박을 해가며, 긴 대화의 시간을 가졌다.

그래서 외할아버지의 생각과 학식과 삶을 가늠하게 되었고, 공유부분도 생겼던 것 같다. 조선시대 초야草野의 선비 같은 분이었다. 높은 학식을 행동으로 실천했던 분으로 일정하셨으며, 재물에 욕심이 없었고 허튼소리를 한마디도 하지 않았던 분이었다고 아버지가 말씀하셨다.

동생 철순은 유독唯獨 외할아버지에 대한 기억을 또렷하게 가지고 있었다.

어릴 때 외가를 가면, 선비라면 대단한 분이라고 생각했는데 적삼 바지를 둘둘 걷으시고, 흙물을 묻혀가며 논 농사일을 하고 계셔서 참 의아스러운 생각이 들었다.

그리고 초등학생 시절에 외할아버지께서 쓰신 한자 구절을 기억하고 있었다. 안평의 고향집에 오셔서 날짜가 지난 달력을 뒷부분에다 먹을 갈아 쓴 글씨는 다음과 같다.

간월색간화색看月色看花色도 불여일가화안색不如一家和顔色며,

달빛과 꽃빛이 아무리 아름다워도 나의 아내의 웃는 얼굴만 못하고,

독서성탄금성讀書聲彈琴聲도 불여일가아제성不如一家兒啼聲이라.

선비의 글 읽은 소리와 가야금 소리가 아무리 아름다워도 우리 집 아이들

의 울음소리만 못하리라.

혼인과 신행

　어머니, 아버지의 부부로서의 인연은 전혀 뜻하지 않은 곳에서 시작이 되었다. 부부의 인연은 하늘이 맺어준다는 말처럼, 우연찮은 인연으로 맺어졌다. 1950년 6·25전쟁이 발발되고, 1953년 7월에 휴전休戰이 막 된 이후였다. 당연히 나라 전체는 혼란스럽고 질서가 없었다. 교통과 통신수단이 미비하여 불편함은 말할 필요가 없었을 것이다. 안동 와룡에서 의성 안평까지는 대략 150리, 60㎞ 정도 떨어져 있다.

　안동 와룡에서 안동 시내를 거쳐 무릉과 운산을 거쳐 안평면 창길3리의 개상골, 안평면소재지 박곡1동까지 다다르는 거리가 그렇다는 거다. 150리 정도로 떨어진 거리를 걸어서 간다면 15시간 이상이 걸리며, 시외버스운행이 원활하지 않았던 그 시절에 버스가 운행되는 구간은 버스를 탄다고 해도 해도 하루 종일

걸리는 셈이다.

아버지의 진외가陳外家는 안동군 와룡면 감애리 명잣이라는 동네였다. 할아버지가 양자로 가셨으니, 생가의 증조할아버지의 영희寧熙 님의 처가가 우리의 아버지의 처가와 가까이에 두는 인연因緣을 만들었다.

증조할아버지의 처가는 예안이씨(선성이씨)인데 외삼촌의 초상初喪에 조카관계인 할아버지가 조문객으로 참석하셨다. 안동의 산골 동네에 갑자기 초상을 당했으니 손님이 많아서 주무실 곳이 없었다. 그렇다고 집으로 돌아오기 위한 시외버스 시간이 원활한 시절도 아니었다. 할 수 없이 수소문으로 종씨 권가이며, 어머니의 외종조부 집에서 하룻밤을 함께 자게 되었다. 그때만 하더라도 어머니와 아버지의 인연이 되기 전이니 동성同性이라는 하나의 같은 점만 가지고 하룻밤을 쉴 공산公算이었다. 산골의 밤은 더 긴 시간을 주었으리라. 두 분이 시시콜콜한 이야기를 해도 밤은 길게만 느껴졌으며, 그래서 편안하게 물어볼 수 있는 게 자식에 관한 내용이었다. 할아버지는 18살 혼기가 꼭 찬 아들이 있음을 이야기했고, 어머니의 외종조부는 촌수로 외종손이 되는 어머니를 칭찬하며 소개하기에 이르렀다. 삼베도 잘 짜고, 밭일도 잘하는 처녀라고…. 그렇게 해서 중매仲媒는 급속도로 진행이 되었고, 날을 잡아 결혼식을 올리게 되었다. 두 분이 혼인한 일자는 1953년 11월 12일로 어머니는 19세 아버지는 18세였다. 초상집 잠자는 방에서 지루함을 해소하기 위하여 오가던 대화가 중매仲媒가 되어 1개월 만에 혼례婚禮가 치러졌으니 봄철에 벚꽃이 피어서 지듯이 전광석화電光石火처럼 진행이 되었다.

어머니와 아버지의 결혼식은 전통혼례로 치러졌다. 그때는 대부분 결혼식이 전통방식으로 치렀던 시절이었다. 전쟁 이후였으니 전문 예식장도 없었거니와 산골동네였으니 당연히 신문화新文化를 접하는 기회도 늦었다. 그리고 신식결혼新式結婚으로 바꾸어 혼례를 치룬다는 의식이 따라주지 못했을 것이다. 안동이라는 지역이 유교적 사고와 고풍이 강한 곳이니 더할 나위가 없었으리라.

어머니가 아버지의 얼굴을 처음 본 것은 혼례가 끝난 이후라고 했다. 아버지가 외가의 중간방으로 들어가는데 문틈 사이로 잠시 스쳐보았다. 첫인상은 큰 키에 얼굴이 훤하게 생긴 미남이었다. 평생을 같이 살게 될 남편이었으니 궁금한 것은 당연하였으리라.

우리나라 신식결혼新式結婚의 유례는 1888년 정동예배당貞洞禮拜堂에서 신자 한용경과 신부는 과부로 박씨가 최초라는 기록이다. 결혼식 진행은 목사가 신랑 신부를 세워놓고 성경을 읽고

기도와 축사를 하는 형식이었으며 주례는 아펜젤러였다. 정동예배당은 1887년 10월 9일에 개설한 벧엘예배당Bethel Chapel이다. 소공동에 있는 저경궁儲慶宮 안쪽의 달성위궁達城尉宮에서 시작되었다. 달성위궁達城尉宮은 1592년 선조임금의 딸 정선옹주貞愼翁主가 서경주徐景霌와 결혼하여 달성위達城尉에 봉해짐으로 그가 살던 저택이다. 지금의 정동제일교회는 1896년 준공되었다. 가수 이문세가 부른 '광화문 연가'의 가사에 '눈 덮힌 조그만 교회당'은 정동제일교회를 말한다.

어머니와 아버지가 혼례를 치르기 65년 전에 이미 신식결혼을 치렀으니 안동지역에서 신문명을 받아들이는 것이 엄청 늦었음을 알 수 있다.

안평 창리倉里라는 동네는 1650년 천정석千正石이라는 선비가 마을을 개척하면서 전쟁에 쓰는 창고를 같이 설치하여 창리倉里라고 칭하였다. 개상골介上谷 1670년 천오덕千五德이란 선비가 개척하여 동리가 골 위에 있다고 하여 부르게 되었으며, 마을 전체가 감나무로 덮어져 있어 감상골이라 같이 불렀다. 할아버지, 할머니와 함께 살아온 양지陽地는 1907년 부리골富利谷에서 있던 교회를 현재의 박곡동의 윗양지 교회 자리에 옮기면서 마을이 형성되었다. 부리골富利谷에서 보았을 때 남향으로 햇볕이 잘 드는 양지쪽에 마을이 있다고 아랫양지와 윗양지로 불리게 되었다. 1926년 괴산리 부릿골에 있던 안평초등학교 이전 및 창길 동에 있던 면사무소를 이전하면서 마을이 형성되었다는 안평면 사무소 홈페이지 기록은 틀린 것으로 보인다.

그 이유는 안평초등학교 교장이신 재종숙 보혁 님의 자료에는 안평초등학교가 1923년 5월 7일 박곡2동 현재 터에서 5천여 평 규모로 개교를 했다.

50여 년의 세월 동안 지켜 봐왔던 여러 인연은 삶을 살아가는 데 매우 중요한 의미를 줬다. 그것들 중에는 부모와 자식 간의 인연이 되는 천륜天倫과 같이, 하늘에서부터 꽁꽁 엮어 내려온 것과 옷깃만 스쳐도 인연이라는 개개인의 인연까지 많은 사람들에게 해당이 되었다. 하물며 운명運命이라는 이름으로 불리는 부부간의 인연은 이 세상 어떤 인연보다도 진하다. 타생지연他生之緣으로 전생에서부터 맺어지는 자발성이 강한 인연이기에 특별한 의미를 지닌다. 결국은 우리 어머니와 아버지 또한 이 범주를 벗어나지 못한 절대적인 운명 속에서 부부의 인연을 맺어 이세상을 같이 살아오셨고, 또 이 세상을 떠나가신 것이다.

1970년도 초등학생 때만 하더라도 동네 집 마당에서 전통결혼식을 많이 치러졌다. 엄청난 천륜이 이루어지는 순간이다. 결실을 맺기 위하여 일가친척 및 온 동네 사람들을 모아 놓고 축복을 받으며 행사를 진행했다. 결혼식을 치르는 날에는 잔칫날

답게 푸짐한 음식을 배불리 얻어먹으면서 동네의 아이들이 즐거워했다. 대표적인 음식으로 감주머 식혜, 잡채 등이 생생하게 떠오른다. 그때만 하더라도 잔칫날이 아니면 배불리 먹을 수 없었던 시절이었으니까 더욱 신이 났다.

마당의 공간에는 차일遮日을 처 햇볕이나, 비 또는 겨울에는 내리는 눈을 가렸다. 마당의 땅바닥에는 멍석을 깔고 혼례상을 차리는데 상 위에는 촛대와 촛불, 오색실, 대나무, 수탉과 암탉, 나무로 깎은 기러기 한 쌍, 쌀, 밤, 대추 등이 올려져 진행이 되었다.

병풍으로 시골의 재래식 화장실이나 두엄자리 등 부정한 것들을 가리고 성스런 혼례식장의 분위기를 북돋으러 애썼던 것 같다. 사회자가 진행하는 홀기笏記라는 순서에 의해서 한자漢字로 된 글자를 큰소리로 읽고 해석을 하면서 신랑 및 신부가 행동으로 옮기도록 했다. 절을 시키거나, 술로 목을 축이게 하거나… 전통혼례는 신부집에서 치러졌다. 신랑의 옷차림은 사모관대紗帽冠帶를 하고, 신부는 예복 차림의 활옷을 입고 족두리를 썼다. 신부집에 도착한 신랑이 나무로 만든 기러기를 신부 측에 건네주고, 신랑과 신부는 마주 보고 큰절을 올리고, 표주박을 쪼개 만든 잔에 술을 부어서 함께 나누어 마신다. 혼례를 치르고 부부가 되어 신부집에서 서로 정해진 기간을 머문 후에 신랑 집으로 가는 신행新行의 행사가 진행이 된다. 신랑 집에 도착하면 어른들께 큰절을 올리고, 어른들은 신랑과 신부를 축복하며 정겹게 맞이한다.

어머니와 아버지는 1953년 11월에 혼인을 하고 1년 뒤, 1954년 10월 18일 외가에서 의성 안평으로 신행 오셨다.

신행新行이 뭔가? 혼례가 끝나면 신부가, 신부의 집에서 시집으로 오는 것이 아닌가. 옛 관습慣習에서 신행의 종류는 당일, 삼일, 달묵이, 해묵이가 있었다. 당일신행, 말 그대로 혼례 당일에 시댁으로 가는 것이다. 그렇다면 삼일신행은 당연히 3일 만에 가는 것이다. 달을 넘겨 가는 달묵이, 해를 넘겨 가는 해묵이 신행이 있었다.

친정이 먹고살기가 어려울수록 당일 및 삼일신행을 했다. 양식이 부족한 시절이었으니 어려운 살림에 입 하나라도 줄이는 방법으로 당일 또는 삼일신행을 택했다고 한다. 빨리 시집으로 보내어 남아 있는 가족에게 조금의 음식이라도 더 돌아가는 여유를 주겠다는 심상이었다. 참 아득했던 조상들의 삶이 녹아있는 관습이지만 가슴이 짠해진다.

어머니는 해묵이 신행으로 시댁으로 왔다. 혼인 후 1년 동안 친정 안동 와룡에 있다가 해를 묵인 후에 시댁 의성 안평 박곡동으로 왔다.

그렇게 보면 어머니의 친정, 우리에게는 외갓집이 어려웠던 시절이지만 그렇게 궁핍하지는 않았던 것 같다. 해묵이로 신행을 온 것을 보면….

음력 10월 18일이면 양력으로 쳐서 11월 13일로 제법 쌀쌀한 날씨였다. 새벽에 일찍 일어나 정성껏 준비한 음식과 떡을 꾸리고, 새벽길을 나섰다. 시집이라는 틀 안에 갇히게 되는 한 마리 새가 되려고 이른 새벽에 외갓집에서 나섰다. 어머니의 모든 것을 버리고 틀 안에서 해 오던 대로, 요구하는 것을 전부 받아줘야 하는 아득한 곳으로 떠났던 것이다. 기어이 따라나서야 하는 운명이었다. 진성이씨의 가문의 명예와 훌륭한 부모님의 가정교육대로 복종을 하기 위하여 떠나는 것이다. 묵묵히 뒤에 서서 걸어가셨던 것이다. 당연한 것이었다. 앞으로 펼쳐지는 모든 것은 하늘의 뜻이라고 믿으면서 따라나선 것이다.

신행길에는 외할아버지와 우계어른이 동행을 하셨다. 우계어른은 선성이씨 증조모님의 종질從姪 관계였다.

와룡 뒷골 외가에서 이하역까지는 걸어서 가셨다. 대략 7㎞, 20리의 거리이니 2시간은 족히 걸렸을 것이다. 안동 이하역에서는 기차를 타고 출발했다. 이하역에서 일직 운산역까지는 25㎞, 50분 정도 기차를 탔다. 그 당시만 해도 안동 마사역은 미개통이어서 이하역에서 탑승을 했다. 외가에서 마사역까지는 10리, 4㎞이지만 이하역까지는 배倍정도의 거리가 늘어났다. 운산역에

도착해서 기차를 내리니 가마꾼 두 사람과 짐꾼이 와서 기다리고 있었다. 가마꾼은 젊은 청년들로 시집생활을 하면서 서로 인사도 나누면 교류하는 동네사람들이었다. 운산역 들머리에서 떡국 한 그릇으로 배를 채우고 가마길에 올랐다. 먼 길 오신 손님도 대접하고, 힘을 써야 하는 가마꾼들도 배가 든든해야 하니 사전에 준비를 해뒀던 것 같았다. 운산역에서 외할아버지 일행을 맞이해 주셨던 분은 아버지의 5촌 당숙堂叔인 오수五壽 님이었다.

운산에서 평팔을 거쳐, 안평의 두역, 창리를 경유해서 박곡1동까지는 대략 15㎞, 40리의 거리이다. 40리면 4시간을 족히 걸어야 하는 거리였다. 가마에 신부가 탔으니 시간은 더 걸렸을 것이다.

가마꾼들은 가마를 멘 경험이 없는 사람들 같았다. 가마를 탄 신행길의 신부를 배려하지 않고 흔들림이 아주 많았다. 요사이 같으면 갓 운전면허증을 취득해서 숙련되지 않은 운전기사쯤으로 생각하면 될 성싶다. 속은 거북하여 구역질이 났지만 토할 정도는 아니었다.

첫 새벽에 외갓집 안동 와룡을 출발해서 해 질 무렵에 시집에 첫발을 디뎠다.

멀고도 먼 신행길이었다. 몸도 마음도 고생으로 찌든 길이었다. 걷기도 하고, 기차도 타고, 가마도 타고 그렇게 어렵게 틀 안에 갇히려고 시집으로 왔다. 요즘 도시의 직장인들이 걷기도 하고, 버스와 전철을 갈아타고 출퇴근을 하듯이…. 모든 게 생소하고 낯설었지만 아직도 혼례의 한 부분이기 때문에 시키는 대로 차분히 따랐다. 시댁에 첫날밤은 가운데 방, 우리들이 흔히 상방이라고 부르는 방에서 아버지와 단둘이서 주무셨다.

다음 날 외할아버지는 딸을 남겨두고 외갓집으로 가시면서 우셨다. 딸을 두고 가는 아버지의 심정이니 아련했을 것이다. 고생이 예견되는 딸을 두고 가는 아비의 심정에는 슬픔이 먼저 오는 게 당연한 것이 아니겠는가. 체면이 먼저였던 선비였음에도 나오는 눈물은 아무도 막지 못하는 것이 사람들의 삶이 아니겠는가!

외할아버지의 흘리는 눈물을 보고 딸인 어머니도 같이 우셨다. 그냥 눈물이 나왔다. 신행을 갓 온 신부의 체면 같은 건 없었다. 예의법도禮儀法度를 귀가 닳도록 듣고 배웠지만, 눈물샘에서 나오는 눈물을 막아설 도리가 없었다.

그때 시어머니, 우리의 할머니는 어깨를 두들기며 다독였다.

"같이 살자, 같이 살자, 나하고 같이 살자."

시간이 흐른 뒤에 어머니에게 혹한 시집살이를 시키신 할머니지만 그때만은 같은 여성으로 어머니의 마음을 이해하려 애를 썼으리라. 부녀간의 이별 앞에 진정으로 아파해 주는 정 많은 시어머니가 되었으리라. 잠시 동안이지만…. 그 시대에 최고로 아픈 이별 앞에서 할머니 자신의 신행시절을 생각하며 가슴 아파했을 수도 있었으리라.

일반적으로 식혜라고 부르면서 음료수처럼 먹는 음식을 의성과 안동에서는 감주라고 불리고, 서울 및 수도권에서 안동식혜라고 부르는 것을 의성과 안동에서는 그냥 식혜라고 부른다. 처음 서울에 왔을 때 식혜를 내어놓고 안동식혜라고 부르고 있어 혼란스러웠다. 안동식혜는 고춧가루를 섞어 버무려서 붉은색을 띠는 음식이다.

안동식혜와 식혜는 만드는 방법과 과정이 많이 다르지만 가장 크게 차이 나는 점은 안동식혜는 엿기름과 고두밥과 무채, 고춧가루, 물을 혼합하여 자연 발효시키지만, 식혜는 불로 가열을 하여 끓여서 음식을 만든다는 것이다.

혹독한 한겨울에 이불을 어깨에 걸쳐 뒤집어쓰고 살얼음이 둥둥 뜬 안동식혜를 숟가락으로 떠먹어 본 사람만이 그 별미를 알 수 있다. 이한치한以寒治寒이 실감나는 별미 중의 별미이다.

성인이 되어 객지생활을 하면서 안동식혜라는 고향 음식 덕분에 희귀성으로 자부심을 가진 적이 있었다. 고향집에서 어머니가 만들어 주신 안동식혜를 정성껏 싸 가지고 와서 지인들에게 먹여보면 처음인데도 맛있다고 잘 먹는 사람들이 대부분이나, 모양새부터가 부담스럽다고 입에 대지 않은 사람도 있어 극명克明한 대치對峙를 보여줬다.

식혜와 감주는 결혼식이나 큰일이 있을 때 빠지지 않은 음식이었다.

1970년대만 하더라도 부계父系를 중심으로 한 대가족이 주류였다. 직계 가족을 중심으로, 제사를 모시면서 조상숭배를 실천하고 가문이 영속적으로 유지 및 존속되는데 장남이 중심으로 우선시되는 게 당연할 때였다. 가정은 친족으로 구성된 한 부분으로 개인보다 우선시되는 것은 말할 필요도 없었다.

내가 성장할 때만 해도 할아버지 할머니를 모시고 사는 대가족이 한집에 살았다. 할아버지의 진지상床은 외상獨床으로 혼자 드시는 상차림이었다. 권위와 위엄의 외상차림이었으며, 밥상머리에서 늘 가정교육을 하셨다. 우리들은 묵묵히 듣기만 하고 가슴에 담아뒀다. 어릴 때 고향이 주는 교훈은 눈 뜨면 어른이요, 친척들이 사방으로 살고 있는 집성촌으로 인사하기 바쁘던 시절이었다. 어른이 지나가면 고개 한 번 숙이면 될 걸, 그 인사를 놓쳐 잘못됨이 어머니 아버지에게로 돌아가는 게 정말 무서웠던 시절이 있었다.

여성은 결혼을 통하여 며느리의 역할수행이 먼저였다. 한 가정에서 아내의 역할보다는 어머니와 며느리로서 희생을 하는 것이 당연시되었다. 그때까지만 해도 남존여비男尊女卑의 복종과 예속적 관계가 유지되었다. 어머니의 위치 또한 우리들의 눈에서도 항상 할머니에게 꾸중을 들으시는 위태롭고 불안한 심정이 어머니 주변을 맴돌았다. 어린 자식들의 눈에도.

돌이켜보면 어머니는 하루에 세 번의 상차림에서부터 며느리라는 직분을 수행하는 수고스러움을 시작하였다. 할아버지는 외상獨床을, 할머니와 아버지는 겸상兼床을 나머지는 원형상에 둘러앉았다. 끼니마다 상 3개를 차리는 수고스러움을 기꺼이 받아들였다. 3대까지 모시는 제사는 일 년에 12번 있었다. 매달 제사상 준비의 일거리와 제사비용 또한 만만치 않았음에도 제사를 통하여 조상을 모시는 일이 첫 번째로 소중하게 생각하면서 치렀던 며느리였다. 그렇게 조상을 모심으로써 가정이 화목해 지고, 복을 받을 수 있으며, 그 복이 자식들이 성공하는데 기틀이 된다고 굳게 믿고 있었다.

부부의 인연은 참으로 깊다고 여러 곳에 기록이 되어 있다. 불교의 '인연경'에는 '팔천 겁이 되어야 부부의 연이 맺어진다'고 한다.

1겁劫은 세상이 한 번 만들어졌다가 사라진 후 다시 만들어질 때까지 걸리는 시간이다. 즉, 인간이 가늠할 수 없는 엄청 긴 시간이다.

불교 경전 '잡아함경'에는 겁劫은, '1유순由旬, 약 15km 되는 철성鐵城 안에 겨자씨를 가득 채우고 100년마다 겨자씨 한 알씩을 꺼낸다. 이렇게 겨자씨 전부를 다 꺼내도 겁은 끝나지 않는다'고 했다. 한 겁이 이러할진대 무려 팔천 겁劫의 인연으로 맺어진 부부는 얼마나 깊은 인연인지 되새겨 본다.

한용운 님이 쓴 인연설이라는 시에는 이런 게 있다.

함께 있을 수 없음을 슬퍼하지 말고

잠시라도 곁에 있을 수 있음을 기뻐하고

더 좋아해 주지 않음을 노여워 말고

이 만큼 좋아해 주는 것에 만족하고

나만 애태운다고 원망하지 말고

애처롭기까지만 한 사랑을 할 수 있음에 감사하고

주기만 하는 사랑에 지치지 말고

더 많이 줄 수 없었음을 아파하고

남과 함께 즐거워한다고 질투하지 말고

그의 기쁨이라 여겨 함께 기뻐하고

이루어질 수 없는 사랑이라 일찍 포기하지 말고

깨끗한 사랑으로 오래 간직할 수 있는

나는 당신을 그렇게 사랑하렵니다.

첫 근친

첫 근친觀親은 신부가 신행 이후에 시집생활을 하다가 처음으로 친정에 가는 것을 말한다.

옛날에는 신부가 시가媤家에서 첫 농사를 지어서 그 수확물로 떡과 술을 만들어 가지고 갔다. 가을에 추수한 농산물을 가지고 갔으니 가을철을 꼭 넘겨서 출발이 되었다. 요즘과 같이 맞벌이 부부는 신혼부터 분가해서 살고, 교통과 통신이 발달하고, 가치관과 가족제도가 변화함에 따라 근친도 이미 사라진 관습이 되었다.

어머니는 1954년 10월에 시댁으로 신행을 와서 1955년 음력 1월에 첫 근친觀親을 출발했다. 어떠한 연유인지 아버지는 동행하지 않고, 할아버지와 작은 집의 아버지 5촌 당숙모 이위현 님과 어머니를 포함해서 세 사람이 함께 나섰다. 작은집 이위현 님은 나에게는 할머니가 된다. 시댁인 안평 박곡1동 아랫양지에서 출발을 했으며, 그날따라 비가 추적추적 내렸다.

안평에서 운산까지는 걸어서 가셨다. 안평 창리, 두역, 평팔을 경유해서 일직 운산역까지 걸어서 가셨다. 대략 15㎞, 40리의 거리이다. 40리면 4시간을 족히 걸어야 하는 거리였다. 아낙네가 두 사람이 있었으니 시간이 더 걸렸을 것이다.

작은집 할머니가 동행한 이유는 그 할머니의 친정도 안동으로 예안 부포라는 동네의 진성이씨 종친이다. 친정에 가본 지도 오래되었고 인편이 있을 때 친정에 들리자는 심상이었다.

일직 운산에서 시루떡 한 덩어리를 사서 배를 채웠다. 운산에서 안동까지는 버스를 타고 그리고 안동 시내에서 와룡 뒷골까지는 또 걸어서 가셨다. 안동 시내에서 버스를 타고 와룡 감애까지 가는 방법이 있었는데, 어머니는 왜, 힘들게 걸어가는 방법을 택했는지 지금도 의아스럽게 생각을 했다.

감애에서 버스에 내려 뒷골까지 걸어가면 3㎞, 약 40분이면 걸어서 갈 수 있는 길을….

비는 그치지 않고 계속 내리고 안동 시내에서 대략 17㎞, 40리 넘는 거리를 네다섯 시간 걸어서 갔다. 외갓집 뒷골에 도착을 하니 첫 근친 온다고 기별은 받았으나 시간이 너무 지체되어 온 식구가 불을 끄고 자고 있었다. 무슨 사정이 있어 첫 근친 날짜가 바뀌었을 거라고 생각했다. 자다가 나와서 사돈과 첫 근친 오는 딸을 맞았다. 전화도 없고 교통편도 원활하지 않았던 시절이니 다른 방도가 없지 않았겠는가! 아버지의 5촌 당숙모는 명 잣의 시이종사촌댁으로 가셨다.

첫 근친 때 친정으로 가지고 간 음식은 곶감 몇 접을 가지고 갔다. 할아버지가 손수 감을 깎아 손질한 곶감이었다. 어머니는 60년이 지난 세월이지만 곶감 몇 접으로는 사돈집 정성에 못 미친다고 지금껏 불편한 심정을 가지고 있다.

어머니의 첫 근친은 그렇게 시작해서 그해 9월까지 친정에 계셨다. 8개월간을 계시다가 시댁인 의성 안평으로 오셨다. 첫 근친 기간에 아버지는 서울의 미군 부대에 취직이 되어 갔다는 소식을 들었지만, 아내로서 별다른 조치를 취할 엄두를 못 내었다. 편지를 쓴다거나 서울에 만나러 간다는 생각은 감히 상상조차 못 했다.

그 당시 새색시는 자신의 감정표현은 안중에도 없었던 시절이기 때문이다. 첫 근친에서 돌아와 보니 남편도 없고 시댁이라 마음 둘 곳이 없어 쓸쓸히고 허전하였다. 서울 미군 부대의 아버지 상급자는 일본으로 가서 같이 근무하자고 제안을 했다. 아버지는 일본을 갈 수 있는 형편이 못 된다고 거절했다. 양가兩家의 부모님 네 분을 모셔야 하는데 바다 건너 일본 땅으로 갈 수가 없어서 퇴직을 하셨다. 그리하여 1956년 1월에 낙향을 하셔서 고향 안평으로 오셨다.

첫 근친에서 친정 안동 와룡에서 안평 시댁으로 돌아올 때는 외할아버지가 데려다주었다. 떡과 음식을 준비하고, 시댁 식구마다 옷을 지어 외할아버지가 어깨에 지고 안동에서 일직 운산까지는 버스를 타고, 운산에서 평팔을 경유해서 안평 박곡1동까지는 걸어서 오셨다. 그때는 집 밖만 나오면 걸어야만 했던 시절이었다. 친정에 갈 때도, 시댁에 올 때도 걷지 않으면 갈 수가 없었던 시대였으니, 조금만 움직여도 고행苦行이었다.

안동 와룡에서 시댁의 의성 안평 오는 방법 중 또 다른 방법은 안동에서 의성역까지 기차를 타는 것이었다. 의성역에 도착해서 의성읍부터는 걸어서 안평 박곡1동까지 오셨다. 의성 철파를 지나 의성 윗재, 색골, 달밭골, 월촌, 광바위 박실 실골을 거쳐서 걸어오셨다. 30리 거리로, 걸어서 3시간 걸렸다.

첫 근친을 마치고 시댁에 올 때는 멋모르고 그냥 왔다.

부담감 없이 덤덤하게 오셨다. 시집살이 3개월만에 친정으로 첫 근친을 갔기 때문에 숨겨져 있던 시댁의 맵고, 짠 내음을 맡지 못했다. 시집살이의 고됨과 시어머니의 호된 꾸지람조차 못 느꼈던 시기였다.

그러나 날이 더해갈수록, 달이 더해갈수록 힘에 벅찼다.

정신적으로도 한계를 느꼈다. 며느리의 길고도 긴 인생길을 점쳐 보기도 했으나 뾰족한 방도가 없었다. 한평생 살아야 하는 운명 앞에 며느리의 위치와 책무에 자신감도 잃어가고 회의감懷疑感도 들었다.

그럴 때마다 커가는 사남매의 까만 눈동자를 보면서 마음을 다잡았다. 자식들의 미래만 그려 보았다. 어머니 또한 인간이지 신神이 아니지 않더냐! 어머니의 육신肉身 또한 뼈와 근육으로 이뤄진 사람이지 쇠로 구성된 기계가 아님을 우리들은 잘 알고 있지 않더냐! 어머니의 피폐疲弊에 상관없이 할머니는 더 모질게 시집살이를 시켰다.

동생과 서울의 전철을 기다리다 어머니에 대하여 나눈 이야기를 써 놓은 글이다.

몇 해 전

취기醉氣와 함께

전철을 기다리며 오십줄의 동생에게 들은 이야기다.

막내로 태어난 동생은

막내 행세로 다섯 살까지 젖을 먹었다.

그리고 어머니의 분신처럼 졸졸 따라다녀

성가셨던 어머니는 젖을 뗄 요량으로

붉은 상처치료제傷處治療劑 아까징기를

젖가슴에 발라 아프시다고 했다.

어린 시절 어머니와 함께한 시간이 많아

어머니의 속앓이하시는 모습도 많이 보고

어머니가 흘리신 눈물을 본 것을 알려준다.

고향집 화장실 뒷켠에서

앞산마루 비탈진 곳에 붙어있는 쪼매한 밭에서

그렇게 사람의 눈을 피해 우셨다고 한다.

종종

다섯 살 아들 옆에서

한가한 시간 동생에게 들은

어머니의 눈물을 생각하면

마음이 너무 아파 동공의 핏줄이 앞선다.

삶의 애환이 눈물이라면

어머니의 눈물은

자식의 성장과 같이하셨음을 기억하고 싶다.

손등으로 눈물을 훔치면서

어머니가 왜! 우셨는지를 짐작하면 가슴이 멍멍해진다.

- 2012. 5. 16. -

친정 와룡으로 나들이를 갔다가 시댁인 안평의 박곡1동 윗양
지가 가까이 오면 찌글거려 발걸음이 안 떨어졌다고 한다. 그곳
시댁에 안 들어가고는 살 수가 없는지 반문反問하면서 내키지 않
은 발길을 앞 세웠다고 한다. 그렇게 오기 싫었던 시댁에서 그렇
게 참고 참아서 네 분의 어른을 모셨다고 한다.

생가의 할머니 이몽성夢成 님은 1994년 별세하셨다. 할머니가
돌아가시고 어머니는 이집 가문에서 최고 안방마님이 되었다.
41년간의 며느리생활을 마감했다. 그리고 22년째 안방마님의 자
리에 앉았다. 군림에 억눌리고 호령에 벌벌 기는 이 시대의 마지
막 며느리로 종지부終止符를 찍었다. 아들과 며느리는 모두 객지
로 떠나보내고 고향을 지키는 노부부로 남게 되었다. 여전히 남
편의 끼니를 걱정하는 부엌댁으로 남게 되었다. 아버지가 작고
作故하시기 전까지는….

시어머니는 저승으로 가셨지만 군림君臨도 호령號令도 할 수 없
는 시골의 할머니가 되었다.

여든이 넘는 할머니들이 아침이 되면 속속 찾아드는 곳이 있

다. 고향 동네 중턱에 덩그런 높이 때문에 여름이면 시원한 바람이 들었다가 가는 곳, 겨울이면 그 뜰에 따스한 볕이 놀다가 가는 곳, 바로 마을회관이다.

이웃 할머니와 수다를 떠는 곳, 화투로 시간을 보내기도 한다. 관심이 없으면 낮잠을 청하기도 한다. 아직도 손수 밥을 짓지만, 여럿 할머니와 함께해서 마음만은 즐거운 곳이다. 때가 되면 배 채워 포만감으로 즐거운 곳, 그곳에서 고향 안평의 하늘을 더 높게 수를 놓으며 흐르는 시간과 친구가 되어간다. 세월에 익어가는 고향의 어머니들이 되어간다.

신부가 근친을 다녀와야 비로소 혼례가 완전히 끝난 것이 되고, 이때쯤이면 신부는 시댁 생활에 많이 익숙해지게 된다.

옛날 봉건적 가족제도에서 며느리는 명절, 부모의 생신, 제일祭日 말미에만 날짜를 받아 근친을 갈 수 있었다.

출가한 딸이 3년 내에 근친하지 못하면, 일생 근친하여서는 안 되었다. 3년 후에 근친하면 단명短命한다는 속신俗信이 있어서 한 번도 근친하지 못하는 며느리도 있었다.

만일, 시가媤家가 엄하여 근친을 못하거나, 어떤 사정이나 액厄이 있어서 친정에 가지 못할 때에는 양가兩家가 미리 연락하여 '반보기中路相逢'를 하여 친정 식구를 만났다. 반보기는 양쪽 집 중간쯤 되는 경치 좋은 적당한 곳을 택하여 친정어머니와 출가

한 딸을 만나게 했다. 이때에는 장만한 음식을 가지고 와서, 그동안의 회포도 풀고 음식도 서로 권하며 하루를 즐기다가 저녁에 각자 자기 집으로 돌아가는 풍습이 있었다.

또 근친觀親은 조선 초 근무지를 떠날 수 없는 군인들에게 3년만에 한 번씩 돌아가 근친하게 하고 그 부모가 이미 죽은 사람은 근친에 의하여 산소에 성소省掃하게 했다는 기록도 있다. 1414년 3월 14일 어버이를 뵙는 근친觀親 휴가를 주는 급가給暇의 법을 세웠다는 기록도 있다.

17세기 도학자道學者이자 정치가인 이현일李玄逸의 문집 갈암집葛庵集에 의하면 '근친할 날만을 손꼽아 기다린다'라는 구절을 보면, 근친이 시집살이를 하는 여자들에게 얼마나 가슴 설레고 중요했던가를 알 수 있다.

이현일李玄逸은 이북의 재령이씨載寧李氏로 영덕군 창수면 인량리에서 태어났다.

은행나무는 암나무와 수나무가 별도로 있다. 암, 수가 다른 나무이기 때문에 수나무에서는 수꽃이, 암나무에서는 암꽃이 핀다. 바람에 의해 수나무의 꽃가루가 암나무의 밑씨에 전해져 수정受精을 하게 된다. 가까이 수나무가 없어도 결실하는 예가 있는데 사람들이 상상할 수 없을 정도로 멀리 꽃가루가 날아가기 때문이다.

과학적 근거가 미약했던 옛날에는 은행나무를 연못 주변에 심어서 잎이 물에 비춰야 열매도 잘 맺히고, 잘 자란다고 믿었다. 연못에 투영投影이 되어야 사랑의 열매가 맺힌다고 믿었던 것이다. 수정受精이 된다고.

우리 어머니 세대의 이야기는 아주 적은 것부터가 역사이고, 소설이다. 층층시하層層侍下의 웃어른을 모시는 것은 기본이며 집 밖을 못 나가게 하는 법도부터가 사람을 숨 못 쉬게 하는 제도였다.

전통적인 가족제도 아래에서는 며느리의 시집살이는 당연한 것으로 여겨져 왔고, 며느리의 바깥출입도 시부모의 허락 없이는 일체 불가능했다.

또한 출가외인이니 사돈집과 뒷간은 멀수록 좋다는 속담처럼, 사돈 간에 왕래는 하면서 가까이 지내는 것도 서로가 원하지 않았다.

부부간의 눈길도 어른들을 피해서 슬쩍 슬쩍 주고받았다.

오래전에 써 놓았던 글이다. 우리 어머니 세대의 애틋한 사랑을 교감하는 모습의 글이다.

어깨너머의 사랑

철모르는

어린 나이의 남편을

어깨너머로

시선을 주고

사랑을 하였다고 한다.

옛날

며느리는

웃어른의 눈을 피해

미숙한 마음을

영글게 하는

그 사랑은

얼마나 애잔하였을까

그

어깨너머의 사랑은!

넘치지 않은 그 사랑으로도

자식을 만들었고

평생을 의지하며

행복이라는 단어를 만들었으니

넘치는 것은

부족함보다 못하다는

찐한 교훈이 가슴에 파고든다.

옛날 며느리의 사랑을!

부부애

독일 속담에 '부부의 인연은 하늘이 정한 바이다'라고 했다. 곧 부부의 인연은 억지를 부린다고 성사되는 것이 아니라, 다분히 운명적으로 이루어진다는 뜻이기도 하다. 유대인의 탈무드에는 '딸아! 만일 네가 남편을 왕처럼 존경한다면 그는 너를 여왕처럼 우대할 것이고, 네가 계집종처럼 처신한다면 남편은 너를 노예처럼 다루고, 네가 너무 자존심을 내세워 그에게 봉사하기를 싫어하면 그는 힘으로 너를 하녀같이 부릴 것이다'라고 남편을 먼저 치켜세워줌으로 아내도 스스로 지위가 올라가는 지혜를 기술해 놓았다.

어머니가 19세, 아버지는 18세에 혼례를 치르셨으니 요사이 같으면 고등학교 2학년, 3학년 학생이 부부가 되는 결혼식을 치렀다는 뜻이다.

2015년 10월부터 아버지는 혈관질환으로 복부대동맥腹部大動脈을 인조혈관으로 교체하는 수술을 하고, 만성신부전증慢性腎不全症으로 신장의 기능이 10%만 남아 1주일에 2번씩 혈액투석을 하셨다.

만신창이가 된 몸으로 장기간 금식을 하시고 주사액으로 영양을 보충 받아 근근이 호흡을 이어가고 계실 때, 눈뜨기도 힘에 겨운 아버지의 시각신경視覺神經을 통하여 어머니 자신이 아내이길 확인받고 싶었던 분이셨다.

치료차 빼낸 틀니 때문에 홀쭉해져서 볼품없는 아버지의 입술에서 이차교李次嬌라는 어머니의 이름을 불리길 기대하신 분이다. 그뿐이랴, 오랜 병원생활로 정신은 피폐疲弊하였고, 피부조직은 혈액투석血液透析의 부작용에 참을 수 없는 가려움으로 긁어 상할 대로 상해서 주삿바늘 꽂은 자국은 푸른색으로 변색이 되셨다.

근육이라는 근육은 모두 빠져 피골이 상접皮骨相接한 아버지를 흔들어 깨워 본인이 누구인지를 확인받고 싶어 하셨다. 아버지의 볼을 비비며 한평생을 같이 사셨던 희로애락喜怒哀樂을 공유하고, 오래된 냄새를 교감交感하고 싶었던 분이 어머니였다.

병상에 누워계시는 자체만으로도 힘들어하시는 아버지를, 관두시라는 자식들의 간곡懇曲함에도 아랑곳하지 않고 주기적으로 본인이 누구인지를 물어 아버지와 평생 같이 살아온 아내임을 확인받고 싶었던 분….

시어른 두 분도 모시기가 어려운데, 양가養家와 친가의 시아버지 시어머니와 시조모님까지 계셨으니, 차마 형언할 수 없는 어려움을 참아내며 이루었던 일들, 억눌려 어머니 본인의 감정은 철저히 무시된 채 가정의 안위를 위해 묵시적인 희생을 강요당하던 일, 사남매 자식들을 키우면서, 학교를 보내고, 상급학교로 진학을 시키면서, 소소한 즐거움도 있지만 어려움이 더 많았을…. 그러면서 크고 작은 병病치레로 가슴을 조이며, 극복했던 일이며, 무지한 자식을 만들지 않으려고 학교에 납부하는 공납금公納金 등의 부담으로 인한 경제적인 궁핍이며, 생생한 영화의 한 장면 장면들이 돌아가면, 이루 형언할 수 없는 회한回還들이, 어머니의 입술을 통해 아버지의 귀에 전해졌으리라 생각이 된다. 아버지의 건강상태가 받아들이든지, 말든지 밤을 지새워서라도 어머니의 생각을 쏟아내고 싶었을 것이다. 아버지가 귀 기울여 들어만 주신다면, 마지막으로 건강만 허락해 주신다면….

시어른들을 모시면서 험난하게 지렸던 일들이 생각이 났는지 봉건적인 시대에 하인을 다루듯이 아버지를 몰아세우신다. 그때마다 아버지는 아무 말씀도 못하시고, 그 자리를 뜨시곤 했다. 우리 자식들이 생각해도 아버지는 참 모범생이었다. 아버지 스스로도 해결할 수 없는 운명적인 가족관계로 얽혀 양쪽 집안의 둘도 아닌 독자로 귀하디 귀해 서로 가지겠다는 싸움의 틈바구니에서 사셨다. 아버지 자신을 대신해서 아내를 등장시켰으니, 어머니 역시 아무 잘못도 없이 늘 불안한 생활 속의 며느리로 살아오셨다.

아버지는 누나가 돌이 지나고 1개월 뒤에 군軍 입대를 하셨다. 형님은 군생활 중 휴가기간에 잉태孕胎가 되어 제대 전에 출생했다. 군대생활은 마산에 있었던 육군군의학교에서 3년 복무 후 전역을 하셨다. 양쪽 집에 아들이 하나밖에 없으니 소중했고, 시국은 6·25전쟁이 막 휴전되어 전선戰線이 어수선한 가운데 입대하였다. 초미焦眉의 관심으로 두 집의 네 부모는 아들을 군대로 보냈다. 어떠한 연유緣由인지 모르겠으나 어머니도, 큰고모도, 심지어는 둘째아들인 나까지도 아버지의 군번을 외우고 있다. 아버지의 군번은 10183083이다. 아마도 군번만 외우면 어떠한 일이 생겨도 수습할 수 있다는 풍문風聞을 들었지 않았나 싶다. 그렇게 소중한 아들이며 남편인데도 3년 동안 면회는 한 번도 가지 않았다. 아마도 후방이고 아버지가 간간이 휴가를 나와 군대생활에 대하여 우호적友好的인 말씀으로 안심을 시켜서 그랬던 것 같다.

서울 강남 세브란스병원에서 스텐트도관 시술을 하고 그래도 정신이 있으실 때, 손자들 앞에서 아버지는 어머니의 흉을 보셨다. 항상 나에게 꼬장꼬장하게 대했다고, 푸근함이 부족했던 아내라고 평가를 하셨다. 아버지가 어머니에 대한 혹평을 했다면, 반면에 자식들 앞에서 어머니는 아버지를 참 후厚하게 평가했다. 병원에 입원하시기 전에도 어머니는 자식들 앞에서는 '너의 아버지는 나쁜 말 할 줄 모르는 사람이다, 착하신 분이다, 거짓말 할 줄 모르는 분이다, 어려운 분을 도와주는 정이 많은 분이다' 등의 표현할 수 있는 최고의 수식어로 아버지를 칭찬하셨다.

그러나 단 한 가지, 아버지의 부족한 점은 변함없이 일관되게 말씀하신다. 작고作故하셔서 이 세상에 존재하지 않은 분이지만 지금까지도 아버지는 부지런하지 못했다고 했다. 아침에 일어나 TV를 보실망정 집 마당을 쫓아다니며 일하시는 어머니에게 도와줄 게 없느냐고 한마디 물어보지 않은 남편이었다고 주장을 하신다. 그러나 같은 동네에서 일평생을 봐오신 할머니들은 아버지에 대한 평가가 많이 달랐던 게 사실이었다.

언제가 의성 안평 부리富利골이 고향인 장규화 친구가 부산에서 사 온 막걸리를 앞에디 두고 함께 이야기를 나누었다. 마침 친구 어머니도 같이 계셨는데 친구의 어머니 또한 어머니가 아버지에 대한 평가에 동의하지 않으셨다. '자네의 부친은 모친을 도울 수 있으면 정성껏 도와주신 분이다'라고 말씀하셨다.

오토바이를 타시고 떡집에 가서 함지박을 찾아오시고, 어머니를 오토바이에 태우시고 의성읍내 5일장五日場에도 수시로 다녀오셨다고 반박反駁을 하셨다. 어머니가 느끼는 아버지의 평가와 이웃의 동네 분이 평가하시는 아버지의 평가가 극명克明하게 갈리는 것은 내 밥그릇의 밥이 적게 보이는 이치일거라는 생각이 든다.

아버지는 본인이 하실 수 있는 것은 명분名分을 찾아서라도 어머니를 도와주는 것에 떳떳해 하셨다. 웃어른들의 눈치를 보지 않으셨다. 그 사례가 물펌프을 집안에 설치해 주신 것이다. 초등학교 1, 2학년 때니 1968년쯤으로 기억이 된다. 동네에서는 두 곳의 공동 우물이 있었다. 어머니를 포함한 아주머니와 처녀들은 물 항아리를 머리에 이고 물 길어 오는 것이 일과 중 하나였다. 이고 가던 물이 출렁이며 넘치는 것이 다반사였다. 겨울철 넘치는 물은 고드름이 되어 머리숱에 주렁주렁 달리기도 했다. 이를 막기 위하여 박 바가지를 뒤집어서 물항아리의 물 위를 둥둥 띄워, 물의 출렁이는 것을 방지하는 지혜를 찾아내기도 했다. 그렇게 해도 요령이 없으면 물벼락을 뒤집어쓰기가 일쑤였다. 우여곡절 끝에 머리에 이고 집까지 온 물로 밥도 하지만 온 식구들의 세숫물이며 여타의 사용처에 모두 썼다. 그리고 보면 여자의 삶이 참 고단한 시절이었다.

아버지는 어머니의 이런 어려움을 덜어주기 위하여 지관地官을 불러 집안 어디에 물길이 있는지를 확인하셨다. 아랫방 앞이 적지임을 판단하고 동네 사람에게 일당을 줘서 물구덩이를 파기 시작했다. 3일간 땅을 파도 물줄기를 찾지 못하였다. 할 수 없이 다시 묻으려고 할 때 주먹만 한 돌을 뚫고 나온 물줄기를 만날 수 있었다. 깊은 땅속에서 품어지는 지하수는 겨울철에는 따스하고, 여름에는 차가웠다. 여름철 수박을 식히려고 물속에 담가 두면 수박표면에 이슬방울이 맺혀 흘렀다. 건너동네 과원 집에서는 두 되짜리 주전자로 얼음같이 시원한 물을 받아가곤 했다. 굉장히 좋은 지하수를 찾아낸 것이다.

아버지가 병원에 계셨지만 그래도 정신이 있으실 때 어머니가 잘하셨던 것은 무엇인가를 여쭈어 본 적이 있었다. 아버지는 어머니가 판단력이 정확한 사람이라고 칭찬하셨다. 그렇다. 우리 자식들이 볼 때도 어머니는 긴 안목으로 정확한 판단을 하셨다. 그 판단을 성공적으로 이루어 내기 위해서 모진 어려움을 이겨내신 분이다. 아버지의 어머니에 대한 평가에 자식들도 동의를 한다.

어머니의 단점은 잔소리가 많다고 말씀하셨다. 어머니가 잔소리를 많이 하거나 또한 그렇지 않다는 판단은 자식들이 하는 것과 아버지가 남편의 입장에서 판단하는 것에는 차이가 있다.

그러므로 자식들이 맞다, 그르다고 논하는 것은 잘못이 있다. 아버지는 어머니를 정확히 아시고 객관적으로 느낀 사실을 자식들에게 전했다고 생각이 된다. 그것도 생을 마치면서 마지막으로 하셨던 말씀이라 더욱 가슴이 메어지고 저려온다.

지자불언知者不言이면 언자부지言者不知이라 했다. 제대로 아는 사람은 말을 함부로 하지 않고, 안다고 말을 마구 뱉는 자는 변변히 아는 것이 없다는 명언은 우리 아버지의 성품과 꼭 맞는 고사성어故事成語가 아닌가 생각해 본다.

그렇지만 대가족에서 홀연히 어려움을 극복하신 아내의 입장이라면 당연히 잔소리는 많고, 대화할 때도 큰 목소리로 마치 싸움하는 것처럼 들릴 수도 있다. 남편을 잘못 만나 모진 고생을 했다는 보복심리가 배어 있었으니 말이다. 시조모까지 계시는 어른들의 틈바구니에서 어머니는 외로운 투사였다. 안동김씨 가문에서 배운 범절凡節에 성품마저 깨끗하신 김양교金陽嬌 할머니의 시집살이는 어린 손자 손녀가 볼 때에도 늘 위태위태危殆危殆하셨다. 어머니가 뭘 잘못하셔서 꾸중을 하시는 게 아니라, 기분에 따라 꾸중거리를 만드시면 한이 없지 않았을까! 그 시대의 며느리는….

할머니와 어머니의 관계를 쓴 시다.

할머니의 화해和解

의성 점곡 사촌沙村

안동김씨 가문에서

우리 집안의 종부宗婦로 오신

할머니의 휘자는 양교陽嬌이시다.

그 옛날 여자의 이름에서

요사이 이름으로도 손색이 없다

유명배우 혜교와 견주어도

그 이름의 세련과 버금가는

깔끔함을 평생 어머니에게 요구하셨으니

요구받는 어머니는 엄청 부담이 되셨다.

우리가 초등학교 다닐 때 견디다 못한 어머니가

할머니에게 대드시는 하극상 뒤에

야반도주를 하시려다

자식들이 울며불며 잡은 다리 때문에

이집 귀신이 된 기억이 또렷하다

그렇게 힘들게 어머니를 닦달하셨지만

마지막으로 저세상으로 가실제

어머니 손을 잡으시고 이런 말씀을 하셨다고 한다.

'많이 힘들게 했다.

저세상에 가더라도 잘살게 해주겠다고…'

이 세상에서 마지막 한마디의 화해로

물 씻은 듯이 모든 원망과 갈등은 사라지셨다고 한다.

어머니의 가슴에 묻어 둔 할머니에 대한 아픔은!

- 2011. 9. 5. -

　아버지가 작고作故하시고 아버지를 제일 그리워하는 분이 어머니이다. 안타까워하시고, 원통冤痛해 하신다. 5년만 더 사셔도 될 텐데 뭐가 그리 바빠서 일찍 가셨는지 애통哀慟하고 애통哀慟해 하신다. 고향집 텃밭의 주렁주렁 달린 풋고추를 보고, 풋고추도 잘 드셨던 너희 아버지다. 저 고추를 된장에 찍어 먹어보지도 못하고…. 너희 아버지와 하루도 같이 살아본 것 같지 않을 정도로 짧은 시간이었다고 하셨다. 한恨스럽다고 가슴을 치신다. 그렇지만 생전에 아버지를 가장 많이 닦달하신 분이 어머니임에는 자명自明한 사실이다.

어느 날 고향집에서 어머니가 혼자 흥얼거리는 노래가 있었다.

그 노래의 제목이 무엇인지 모르면서 가사를 또렷하게 외고 있었던 어머니이다. 그러면서 노래의 가사와 어머니의 처지가 똑같아 처량하다고 했다. 그 노래의 가사는 이러했다.

목숨보다 더 귀한 사랑이건만

창살 없는 감옥인가 만날 길 없네

왜 이리 그리운지 보고 싶은지

못 맺을 운명 속에 몸부림치는

병들은 내 가슴에 비가 나리네

서로 만나 헤어진 이별이건만

맺지 못할 운명인 걸 어이 하려나

쓰라린 내 가슴은 눈물에 젖어

애달피 울어봐도 맺지 못할 걸

차라리 잊어야지 잊어야 하나

가수 박재란 님이 1960년대 불러 히트시킨 '님'이라는 노래다. 영화 '창살 없는 감옥'의 주제가로도 불렸다.

2009년 2월에 아버지가 자식들에게 보내 준 이메일 내용 중에 사람들의 관계가 시작되는 마음가짐에 대한 이야기를 옮겨본다.

대중가요에도 삶의 금언金言이 많다. 대표적인 노래가 '있을 때 잘해'이다.

가사를 나름대로 해석을 해보면, 아내가 살아 있을 때 잘해줘, 남편이 있을

때 잘해줘, 돈이 있을 때 절약해, 건강할 때 건강을 잘 지키라는 뜻이 내포

內包되었겠지….

가까이 곁에 있다고, 남편이라고, 아내라고, 쉽게 화풀이는 다
하고, 모가 난 단어로 가슴 아프게 하고는 영영 돌아오지 못하
는 곳에 보내시고 나서 그리워하며, 애통해하며, 후회하는 모습
이 더 가슴을 메이게 한다.

어머니는
돈을 어떻게 모았을까?

어머니가 우리 사남매를 키우기 위해서 노력하고, 절약節約하시는 모습은 일상日常에서 보아 왔다. 허드렛물조차 그냥 수채에 버리지 않으셨다. 토란밭에 버려 토란의 영양분으로 할지언정 그냥은 흘려보내지 않으셨다.

그렇지만 어머니가 현금을 얼마나 모았는지? 그리고 얼마나 돈을 사용했는지 세세細細하게 따져보려고 하지 않았다. 기록이 없으니 가늠할 수도 없거니와…

2016년 6월 18일 아버지의 장례葬禮를 마치고 고향집에서 어머니와 이런저런 이야기를 나누다가 재산증식財産增殖을 위하여 평생토록 가입했던 계契 통장을 보관하고 계시다고 했다. 나는 어머니가 소중하게 보관하고 있던 계契 통장을 조목조목條目條目 따져 보았다.

우리나라는 1970년대부터 경제개발 5개년 계획, 새마을 운동 등을 바탕으로 고속성장高速成長을 거듭했다. 농촌정책은 식량증산食糧增産을 통한 주곡의 자급으로 통일벼가 보급되면서 1975년에는 전국의 양곡糧穀 생산량이 최초로 3,200만 석을 넘게 되었다. 농업용수의 개발, 경지정리耕地整理와 관개배수灌漑排水 등 농업기계화 사업이 지속적으로 추진되었다. 1970년대부터 외국의 언론은 한국이 한강의 기적을 일구었다고 앞다투어 뉴스에 내보내었던 것이 떠오른다.

고추, 담배 재배농가의 경영성과와 변동요인분석이라는 보고서에 의하면 고추의 주산지는 1960년대 이후 경북의 영양지방과 의성, 청송, 안동 등이라고 기술하고 있다. 다시 말해서 우리 고향 의성 안평의 주된 수입원收入源이 고추와 담배라는 것이다. 고추와 담배 재배농가 종사자의 1인당 적정경영규모는 각각 900평, 1,500평으로 나타났다. 종사자 1인당 연간 순수익은 고추는 13만6천 원이며, 담배는 생산가격이 다소 높아 1인당 순수익은 60만1천 원으로 고추에 비해서 4.4배나 높았다. 종사자 1인당 적정규모는 1.7배밖에 높지 않으나 순수익이 담배가 훨씬 높았다. 그 당시 사립대학의 등록금이 대략 36만 원 정도이니 담배 농사를 잘 지으면 1년 치 대학 등록금에 근접할 수 있는 순수익을 올렸다. 고향 안평에도 이 동네, 저 동네 할 것이 없이 우뚝 솟은 담배 건조장을 볼 수가 있었다. 대도시 공장지대의 굴뚝들이 즐비했던 것처럼….

우리 집은 농촌에 살았지만 농사를 전문적으로 하지는 않았다. 고향 집 냇가 건너의 긴사리밭 300평은 가족들이 먹을 채소만 경작耕作을 하였고, 안평 창리에 있는 논 2,000여 평은 오래 전부터 소작小作인에게 줬다. 다시 말해서 1960년대 고추와 담배가 주 수입원이었지만 우리 집의 가계경제와는 동떨어진 관계라는 걸 설명하려다 보니 그렇다.

모든 사람의 경쟁競爭의 상대相對는 아주 가까이에서 시작이 된다. 같은 형제, 같은 학교의 같은 반 친구, 같은 집안, 같은 동네 등에서 시작이 된다. 시기猜忌와 질투嫉妬가 아닌 선의善意의 경쟁이 시작되는 것이다. 아주 작은 시골 동네에 교복을 입고 지나가는 고등학생을 보며 어머니는 내 자식도 저런 교복을 입혀야 되는데, 현대사회에 같이 적응할 수 있는 젊은이로 키워야 되는 데에서부터 자식교육의 경쟁이 시작되었다.

어떻게 성장을 시켜야만 경쟁사회에서 뒤떨어지지 않고, 삶의 질이 향상되어 스스로가 행복할 수 있지 않을까를 고민苦悶했던 어머니였다.

어머니가 사남매를 성장시키면서 사용했던 가계비는 아버지가 체신공무원遞信公務員으로 받는 봉급俸給이 주요자금이 되었다. 이웃집은 땅에서 곡식을 수확하지 않으면 돈 한 푼 만져 볼수가 없는 환경이었다. 매달 일정 금액의 돈을 받는다는 것은 엄청난 혜택이며 부러움의 대상이었다. 고향의 면面 단위에는 초등학교 4개와 달랑 중학교 하나만 있었다. 그래서 고등학교 이상의 진학은 대다수 안동과 대구지역으로 나눠서 진학을 하는 추세였다. 선택권選擇權이 전혀 없었다. 우리 집은 안동지역이 혈연관계로 더 가깝다. 외갓집이 안동이고 외삼촌, 이모들도 결혼을 해서 안동 시내에 살고 있었기 때문이다. 먼저 맏이인 누나는 그러한 사정으로 안동으로 진학을 했다. 그다음으로 형님이 고등학교를 진학할 때에 누나가 극구 안동으로 진학하는 것을 반대했다. 그 이유는 안동이라는 도시는 좁다는 것이었다. 더 큰 도시 대구를 적극 추천推薦했다. 지금 생각해도 여고생인 위치에서 넓은 세상을 판단하는 지혜는 어디에서 왔는지 대단한 누나였다는 생각이 든다.

고등학교에서 대학교를 진학하고, 군대를 다녀와서 직장을 잡고, 그러면 곧 결혼을 해야 된다. 자식들 터울이 2~3년 단위이니 간단하게 따져도 2년에 한 번씩은 목돈이 들어가야 되는 게 뻔할 테고, 결혼자금도 필요하게 될 것이 말할 나위가 없는 이치이다. 어디 자식들에게만 돈이 들어가는 게 아니었다. 양쪽 집의 시어른 네 분에게도 크고 작은 일들이 생기고 사람의 일이란 내일을 모르는 것, 그래서 어머니는 늘 절약에 절약을 했다.

어머니는 계契를 통해서 재산을 증식하셨다. 처음에는 전 면장 김병두 님의 부인이 하는 동네 계契를 할머니 몰래 하셨다. 그것을 할머니가 아시면 불같은 성화星火가 있을 것 같아 소리 소문 없이하느라 애를 먹었다. 면장 부인이 했던 계의 운영방법은 이러했다. 계원이 10명이라는 가정 아래, 개인당 2만 원을 내면 20만 원 중에, 계주에게 주는 운영금을 경매형태로 최고금액을 써넣는 계원이 계를 타는 형식이라고 했다. 돈이 궁핍해서 빨리 타고 싶은 회원은 높은 가격으로 응했다고 한다. 가령 1만 원의 최고금액을 써넣으면 1만 원은 계주에게 주고 나머지 19만 원의 곗돈을 타가는 방법이었다. 그렇게 해서 받은 곗돈은 우체국 정기저축에 가입하셨다. 면 단위에 금융기관이 우체국밖에 없었고, 아버지가 거기에 근무하고 계시니 정기저축으로 돈을 키우셨다. 지금은 면 단위에 농협이 금융업무를 같이해서 우체국과 함께 선택할 수 있는 경쟁체제가 된 지 오래되었다.

아버지는 처음 공무원 생활을 하시면서 매월 타는 봉급俸給을 할머니에게 드렸다. 그런데 봉급의 액수도 적었겠지만 어떻게 되었는지 할머니의 주머니에 들어간 돈이 쉬 떨어져 푸념을 하셨다. 언제부터인지 아버지가 할머니 몰래 그 봉급을 어머니께 줬다고 한다. 할머니는 강단剛斷이 있는 성품이었다. 그래서 어머니에게 강도 높은 시집살이를 시키신 분이다. 어느 날부터 매달 할머니의 수중으로 들어오던 봉급이 며느리의 주머니로 들어갔으니 그 뒷일은 말을 안 해도 상상이 가리라는 생각이다. 합리적으로 토의에 의해 결정된 사안이 아니라 아버지의 독단적獨斷的 판단에 의해서 어머니에게 봉급을 돌렸으니, 그 화풀이는 모두 어머니의 몫이 되었다. 어머니도 돌아가신 할머니의 명예名譽도 있으니 표현을 꺼렸으나 방바닥을 두들기면서 어머니에게 역정逆情을 내셨다. 그래도 어머니는 꿋꿋이 이겨내셨고 견디어 그 돈을 끝까지 지켰다. 가정의 내일을 영위하는 젖줄이기 때문에 포기할 수 없었다.

사남매의 자식들은 성장하고 누나도 나이가 들어가니, 결혼 목돈이 우려스러웠다. 모아 놓은 돈은 없고, 세월은 빨리 흐르니 새벽에 잠이 오지 않아 대청마루에서 어둠에 덮인 사금들판을 바라보곤 했다. 상념에 잠긴 것이다.

그래서 이웃집의 아낙네들은 어떻게 목돈을 만드는지가 궁금했다. 몇몇 이웃 분들을 통해서 계契를 한다는 사실을 알았고, 그렇게 계契를 하기로 작심을 했다. 어느 날 안평 실골 앞 마을 농장에서 인력동원이 되어 일을 하고 있는데 소문으로 들었던 안평 월촌에서 계주契主 아주머니가 면소재지 쪽으로 내려오는 걸 보았다. 하던 일을 멈추고 한길에서 만나 계에 가입할 의사가 있다고 전하면서 집으로 한 번 방문을 요청하였다. 그렇게 시작된 인연으로 13년 동안 4,900만 원의 돈을 모으게 되었다.

또 다른 한 분은 광바위光巖에 계시는 계주인데 그분에게는 딱 한 번만 거래를 했다. 그 이유는 왠지 모르게 신뢰감信賴感이 가지 않았다. 어머니의 예측이 적중이라도 하듯이 안평 광바위光巖의 계주는 곗돈 사고로 야간도주夜間逃走를 했고, 그 계주와 거래를 했던 몇몇 이웃은 큰돈을 날려버리고 마음고생을 했다. 그 당시 시골의 사정으로 보면 엄청 큰돈이었을 텐데…. 그렇다면 어머니는 소 뒷발로 쥐를 잡은 우연한 것일까? 아니면 예리한 판단력으로 사람들의 속을 들여다보시는 능력이 있는 분일까? 자식으로서 보는 관점觀點이 아니라 삶과 더불어 살아가는 세상사의 이치로 볼 때 어머니는 충분히 후자에 해당되시는 분이시다. 장기적인 안목으로 사람들을 평가할 수 있는 혜안慧眼을 가지신 사람이라고 생각을 한다. 어머니와 13년간 계 거래하시던 안평 월촌에 살고 계시는 계주契主 아주머니는 지금 아흔의 할머니임에도 정정하게 건강을 유지하고 계셨다. 참 대단한 분이다.

누나를 결혼시키고, 어머니가 목돈 때문에 한시름 놓았다고 생각하고 있을 때, 안평 광바위光巖 계주의 도주사건으로 좁은 시골 동네는 시끄러웠다. 그쯤에서 아버지가 정중하게 계契를 통해서 목돈을 만드는 일을 안 했으면 좋겠다고 종용했다. 계라는 게 안정성 확보가 떨어지는 금융상품이기 때문이다. 그래서 어머니는 아버지의 말씀도 맞겠다고 생각하고 계 가입을 그만두셨다. 그때가 1994년쯤이었다. 20개월 동안 계를 넣어서 100만 원 또는 많게는 400만 원을 타면, 그 돈은 다시 아버지께 드려 우체국 정기예금통장으로 입금을 하여 더 키웠다.

지지불태知止不殆이면, 지족불욕知足不辱이라, 멈출 줄 알면 위태롭지 않고, 만족할 줄 알면 욕됨이 없다는 명언이 여기 해당되지 않을까!

1980년대 짜장면 한 그릇이 500원이었다. 2016년에 6,000원 정도이니 짜장면값이 12배가 올랐다.

1980년도 소 한 마리 가격은 58만 원 선이었다. 2015년은 580만 원 선이었으나, 2016년 5월 충북 음성군의 농협축산물공판장 경매에서 낙찰된 한우 중 최고가는 1,390만 원이었다. 구제역의 발생 여하에 따라 소값의 변동폭이 많아 비교하는 것이 실효성은 없으나, 2015년과 비교를 해도 약 10배가 증가 되었다.

한국은행경제통제시스템(ecos.bok.or.kr)의 의한 화폐상승률은 2016년 기준으로 1980년도는 4.79배이다. 짜장면과 소값은 우리나라 사람이 느끼는 실질경제이고, 화폐상승률은 국가가 관리하는 경제적 수치이다. 1981년 3월에 어머니가 처음으로 계契를 통해서 100만 원의 목돈을 수중에 넣은 것이다. 그때의 100만 원의 돈의 가치를 짜장면의 상승폭으로 환산하면 1,200만 원이 되고, 한국은행 화폐상승률을 적용하면 479만 원이 된다. 어머니가 보관하고 있었던 계 통장을 합산한 금액이 14년간 4,900만 원이었다. 이것을 짜장면이나 소값의 대략적인 상승폭인 10배만 적용하더라도, 4억 9,000만 원이 된다. 농촌의 한 가정에서는 대단한 금액이었다. 부자富者라고 해도 부족함이 없다. 결코 이웃집과 비교할 수 없는 엄청난 재산을 증식시켰지만 그 돈을 낭비하려고 들었으면 오히려 빚이 생겼을 것이다. 그 가운데서도 큰돈을 사용해야 할 일들이 종종 생겼을 것이고…. 어머니의 그 억척스러움으로 할아버지로부터 물려받은 전답田畓을 한 평도 줄이시지 않고 사남매의 자식들 성장시키고, 결혼까지 시켰다. 어머니의 줄기찬 기백氣魄으로 마음으로 정한 목표를 향해 앞만 보고 가셨던 끈기의 결과라고 생각을 한다.

어머니의 계契 실적

기준: 2016년 1월

단위: 만 원

순번	가입일	1구좌	가입구좌	만기 차수	수령금액	화폐 상승률	환산금액
1	1980년 3월	50	20회중 2	10, 11	100	4.79	479
2	1980년 10월	100	20회중 1	18	100	"	479
3	1980년 12월	100	20회중 4	11, 12, 13, 17	400	"	1,916
4	1982년 3월	100	20회중 3	14, 17, 18	300	3.58	1,074
5	1982년 8월	100	20회중 3	13, 16, 19	300	"	1,074
6	1982년 8월	100	20회중 3	14, 17, 18	300	"	1,074
7	1985년 11월	100	20회중 3	14, 17, 18	300	3.21	963
8	1986년 11월	100	20회중 3	14, 17, 18	300	3.16	948
9	1989년 3월	100	20회중 2	13, 14	200	2.73	546
10	1989년 9월	100	20회중 3	14, 15, 16	300	"	819
11	1990년 7월	100	20회중 3	13, 14, 15	300	2.45	735
12	1990년 11월	200	20회중 2	14, 15	400	"	980
13	1991년 5월	200	20회중 2	13, 15	400	2.28	912
14	1992년 4월	200	20회중 2	12, 19	400	2.14	856
15	1992년 7월	200	20회중 2	14, 15	400	"	856
16	1993년 1월	200	20회중 2	14, 15	400	2.09	836
계					4,900		13,711

* 어머니는 1980년 3월부터 총 16회에 걸쳐 계에 가입을 하셨다.
* 시기별 수령금액은 총합계 4,900만 원이었다.
* 2016년 1월 기준으로 한국은행경제통제시스템의 의한 화폐상승률을 고려할 때는 1억3,711만 원을 증식했다.
* 짜장면값 상승률 12배를 적용하면 5억8,800만 원의 가치가 된다.

어머니의 계 통장을 정리하면서 13년간 어긋남이 없이 관리해 주신 계주契主 할머니가 고마웠다. 언젠가 꼭 찾아뵙고 인사를 해야겠다고 다짐했다.

그리고 2016년 8월, 그 다짐을 이뤘다. 아버지 산소를 다녀오면서 안평 신월동 동네를 물어물어 찾았다. 계주契主 할머니는 하월이라는 동네에 차남과 함께 살고 있었다. 김복분 님으로 토끼띠 90세의 연세였다.

안평 창리가 고향으로 초등학교 은사 김오성 님의 누나였다. 세상이 좁다는 것을 또 일깨워주는 기회가 되었다. 어머니의 곗돈 관리를 잘해 주셔서 고맙다는 말씀과 함께 준비해 간 조그마한 음료수 한 박스를 드렸다. 할머니는 고맙기를 따지면 어머니에게 본인이 더 고맙다고 했다. 일정一定하게 거래해준 어머니가 더 고마웠다며 농사를 지어 판매하려고 정성껏 준비해 놓은 복숭아를 담아줬다. 그렇게 계주를 해서 7남매를 키웠고, 지금 살고 있는 시골집을 오래전 6,000만 원 들여 양옥집으로 건축했다고 자랑을 했다. 충분하게 자랑거리가 되었다. 연신 감탄을 하고 떠나왔다.

그 당시 농촌의 가계경제가 어떠했는지 살펴보자. 이웃의 또래 친구의 집을 드려다 보자. 돈 한 푼이라고는 오직, 땅에 곡식을 넣어 싹을 틔워, 그 싹이 몇 개월간의 정성으로 보살펴서 열매가 맺히면, 온 식구들이 매달려 수확해서, 내다 팔 수 있는 상품성 있는, 토실토실한 열매만 선별해서, 부모들이 머리에 이고 양손으로 들고, 시장에 메고 나가 팔아야만 돈이 되었다. 참 눈물겨운 돈이었다.

내다 팔 수 없는 벌레 먹고, 일부가 썩은, 어딘가 이상한 곡식을 가족들이 먹었다. 그렇게 고되게 버티다가도 입학 철이나 큰돈이 들어갈 때 견디다 지쳐 조상 대대로 물려받은 논밭을 판다든지, 아니면 일소牛를 팔아 공납금을 납부하였던 게 부지기수였다.

그러한 돈으로 고향 의성 안평에서 대구라는 먼 곳으로 유학을 보냈고, 고등학교와 대학교를 진학시켰던 것이다. 그 당시의 처참했던 상황을 생각해 보면 부모라는 절박한 자리가 아니면 도저히 극복될 수도 감내할 수도 없었을 것이다. 내가 못 배운 한恨을 자식들에게는 대물림 않겠다고 몸이 으스러지게 애쓰신 대가였다. 그렇지만 부모님들이 당당하게 이루었다는 게 신통할 따름이다. 이러한 교육열이 풍부한 인재의 기틀이 되었으며, 우리나라의 발전의 토대土臺가 되었고, 우리나라가 경제적 부국의 초석이 되었다는 사실을 모두가 인정하고 있다.

나의 부모님은 그래도 배 굶지 않은 집이었음을 인정한다. 그러나 결코 풍족하지는 않았다는 것이 사실이었다. 현재 우리들의 생활을 견주어 봐도 결코 풍족한 살림은 아니었다. 그때는 그러한 시절이었으니까. 어머니는 참 검소하셨다. 절약이 몸에 배어 있었다. 전장戰場에서 산화散花할 것 같은 돌격대원突擊隊員처럼 앞장섰다. 새벽에 일찍이 대문을 열어젖히고 복을 받을 준비를 하시고, 산에서 땔감 나무를 해 오지 않은 우리들을 혼을 내셨다. 새벽에 일찍 일어나 도토리를 주워 오지 않는다고 방문을 열어젖히며 가을의 쌀쌀한 찬 공기를 방 안으로 밀어 넣었다. 소가 먹을 풀을 베어오는 것은 나의 몫이었다. 초등학교 때부터 중학교를 졸업하고 대구로 유학을 갈 때까지 나의 몫이었으며, 겨울에는 아궁이에 불을 때어 푹 끓인 여물을 소에게 주는 것이 공부보다도 더 중요한 시기였다. 내가 대구로 고등학교 진학을 하고는 그러한 일들이 자연스럽게 동생의 몫이 되었고, 그렇게 선순환善循環 되었다. 인계인수가 필요가 없었다. 부모님이 일러주지도 않으셨다. 아주 자연스러운 체계로 이루어졌다. 이웃집도 마찬가지였다. 그냥 받아들이는, 당연시되는 것이었다.

영수옥쇄寧須玉碎 불의와전不宜瓦全이라는 밀뜻처럼, 차라리 부서지는 옥이 될지언정 구차하게 기왓장으로 남아서는 안 된다는 정신을 자식들 스스로 받아들이도록 했다.

내가 어릴 때만 하더라도 면사무소나 동네에서 도로작업, 아니면 나무 심기 등을 위하여 부역賦役을 나오도록 했다. 부역이 뭔가? 국가나 공공 단체가 특정한 공익사업을 위하여 보수 없이 국민에게 의무적으로 책임을 지우는 노역이 아닌가! 인력동원을 공시하면 1가구당 1명이 무조건 지원되어야 한다. 아버지는 출근하시고, 할아버지는 연세가 많으시니 어머니가 우리 집을 대표해서 나가셨다. 그 이유는 부역을 나가지 않으면, 1인당 인건비를 벌금으로 내야 하기 때문이었다. 그 돈이 아까워서 자진해서 부역을 나가셨던 것이다. 부역에 동원된 사람들은 모두가 남정男丁네들이지만 그 틈바구니에 끼어서 하루 일당을 버시고 오는 날이 비일비재非一非再 했다.

조선시대 실학자 다산 정약용 선생께서 1818년(순조 18년)에 쓴 목민심서牧民心書에 부역賦役에 관한 내용을 옮겨본다.

부역을 공평하게 하는 것은 수령이 할 일, 일곱 가지 중에서 중요한 임무이다. 무릇 고르지 못한 부세는 징수해서는 안 되니, 저울 한 눈금만큼이라도 공평하지 않으면 정치라고 할 수 없다.

지금 부역이 공평하지 않아 1만 집이 있는 고을에 9천 집은 부역을 도피하고 오직 홀아비와 과부와 병들고 불구가 된 사람들만 부역에 응하고 있다.

부역을 공평하게 하는 것에 마땅히 마음을 다해야 할 것이다. 부역은 가볍게 해 주는 것이 좋으니, 공용公用의 허실을 잘 살펴보면 거두어들이는 것

을 가볍게 할 수 있을 것이다. 호적에서 누락된 것을 조사하면 거두어들이
는 것이 고르게 될 것이다.

1970년대만 하더라도 소牛는 시골의 농경시대農耕時代에 없으면
안 되는 필수적인 가축이었다. 논밭도 갈고, 곡식도 실어 나르
고 산비탈 길도 잘 다니고 어찌 보면 사람보다 더 귀한 존재로
대우를 받았다. 가축이라기보다는 가족이었다는 표현을 해도
무방할 정도의 존재였다. 소 한 마리의 가격이 만만하지 않았다.
농촌진흥청 발표에 따르면 1980년도 소 한 마리 가격은 58만
원 선이라고 한다. 그때 사립대학의 등록금이 학교별로 차이는
있었지만 1회에 대략 36만 원 정도라고 한다. 소 한 마리를 팔면
사립대학의 등록금을 지불하고도 22만 원 정도 남아, 조금 더
보태면 2학기 등록금을 낼 수 있는 계산이다. 그래서 그 당시는
우골탑牛骨塔이라는 말이 있었다. 시골에서 자식을 대학 보내기
위해 소를 팔아 등록금을 마련한 경우가 많았다. 소를 판 돈을
대학에 바쳤으니 대학은 소의 뼈로 쌓은 탑이나 마찬가지라는
연유緣由였다.

농사일에 소는 꼭 필요한데 소를 사야 할 만큼의 여윳돈이 없
을 경우에는 여유가 있는 옆집에서 큰 암소를 사준다. 소를 받아
키우는 집에서는 소를 이용해서 농사를 짓다가, 송아지를 낳으면

그 송아지는 소를 사 준 원주인이 가지고 가는 제도가 있었다.

부모님도 큰 암소를 대소가 집안에 사줘서 송아지를 낳으면 팔아서 재산증식에 보탰다. 어느 해부터는 그 송아지를 우리 집에서 키우자는 묘안을 짜내었다. 그때부터 소의 먹는 풀, 쇠꼴이라는 걸 하게 되었다. 초등학생이니 어른용 지게를 땅에 끌면서 쇠꼴을 했던 기억이 난다. 중학교 졸업 때까지 했다. 그 당시의 나의 친구들에 비하면 농사일을 한 것도 아니다. 조족지혈鳥足之血 새발에 피였다. 나는 단지 소꼴만 담당이었지만…. 또래의 친구들은 초등학생이었지만 한 사람의 농사꾼 몫을 하는 친구가 대다수였다. 우리 집에서 키우던 암소가 송아지를 낳으면 큰 소는 팔아 더 큰 목돈을 만들고 다시 송아지를 키웠다. 우리 3형제는 시기가 되면 당번當番이 되어 소꼴해 대었다. 힘은 들었지만 어머니는 암소가 무럭무럭 크면 목돈이 되니 소가 자라는 것이 뿌듯했으리라는 생각이 들었다.

1971년쯤 아버지는 양봉養蜂을 하셨다. 처음에는 1통으로 시작을 해서 약 70여 통으로 늘어났다. 벌들은 방어용 침針을 보유하고 있다. 침입자가 발생하면 침으로 공격을 하고 이때 특이한 향으로 동료들을 끌어 모으는 습성이 있다. 떼거리로 덤비기 때문에 더운 여름이라도 긴팔에 모기장 모자를 쓰고 중무장을 해서 벌을 관리했다. 일을 끝마치시고 옷을 벗으시면 땀으로 홍

건하게 젖어 있었다. 양봉養蜂을 해서 꿀을 수확할 것인가, 아니면 왕유王乳royal jelly를 수확할 것인가를 정해서 매일 들여다보고, 관리를 해줘야 된다. 요사이는 꽃가루花粉도 수확원收穫源으로 각광脚光을 받는다.

한 10여 년 벌을 관리하셨고 꿀도 많이 수확을 했었다. 주로 아카시아 꿀이었으나, 어느 날 벌에 병病이 와서 모두 죽었다. 꿀은 주로 겨울에 판로가 생긴다. 춥고, 감기 환자가 생기면 솔솔 구매자가 생겼다. 아버지가 고생하셔서 수확한 꿀도 어머니에게는 짭짤한 수입이 되었을 것이다. 최근에 벌침의 성분을 이용한 봉침술蜂針術로 치료에 탁월한 효능을 보고 있다.

고향집에서 마주 보이는 건너편에 있는 산山이 안평초등학교 산이다. 그 산자락에 조그마한 밭둑에 뽕나무가 심어져 있다. 초등학교 때도 그러했지만 중학교 때까지 그 뽕잎을 먹잇감으로 양잠養蠶을 했었다. 누에를 정성껏 키워 고치를 생산해서 공판하기까지는 한달쯤 걸렸다. 고치의 생산규모가 방 하나 정도이나 아주 소규모로 키웠다. 이웃집에 비하면….

누에는 알에서 부화되어 나왔을 때 크기가 3㎜ 정도의 크기로 개미누에라고 한다. 누에는 뽕잎을 먹으면서 성장하며, 4령의 잠을 자고 5령이 되면 급속하게 자라 8㎝ 정도가 되어 개미누에의 약 8천~1만 배로 성장을 한다. 5령 말까지의 유충기간

일수는 품종이나 환경에 따라 일정하지 않으나 보통 20일 내외라고 한다. 5령 말이 되면 뽕잎 먹기를 멈추고 고치를 짓는데, 약 60시간에 걸쳐 2.5g 정도의 고치를 만든다. 한 개의 고치에서 풀려나오는 실의 길이는 1,200~1,500m가 된다. 고치를 짓고 나서 약 70시간이 지나면 고치 속에서 번데기가 되며, 그 뒤 12~16일이 지나면 나방이 된다.

고치 속의 나방은 알칼리성 용액을 토해내어 고치의 한쪽을 적셔 부드럽게 하여 뚫고 나온다. 고치에서 나온 암수 누에나방은 교미를 하며 암나방은 약 500~600개의 알을 낳고 죽는데, 누에나방은 입이 퇴화되어 전혀 먹지 않는다.

누에를 한자어로는 잠蠶, 천충天蟲, 마두랑馬頭娘이라 하였다. 알에서 깨어난 새끼를 묘妙, 아직 검은 털을 벗지 못한 새끼를 의자蟻子, 세 번째 잠자는 것을 삼유三幼, 27일 된 것을 잠로蠶老, 늙은 것을 홍잠紅蠶, 번데기를 용蛹, 성체를 아蛾, 고치를 견繭, 누에똥을 잠사蠶砂라 한다. 누에고치와 관련된 용어가 많다는 것은 우리 인간과 밀접했다는 증거일 것이다.

누에고치의 생산은 봄, 가을 1년에 2회 한다. 누에를 키우는 규모가 작았지만 온 가족이 힘을 모아 고치를 생산해서 1회 판매한 비용은 1970년대 기준으로 중학생 1명의 1회분 공납금公納金과 4명의 자식들에게 러닝셔츠 1개를 사줄 돈은 벌었다고 하셨다, 어머니가.

그때의 고치의 판매금액을 판단해 보니 대략 5,520원 정도로 가늠되었다. 서울연구데이터서비스(data.si.re.kr)에 의하면, 1973년도 중학교 공납금이 연간 최저 15,760원에서 최고 35,830원이었다. 면 단위 중학교는 당연히 최저 금액의 공납금을 납부했다는 가정하에 1년 15,760원을 4회로 나누면 분기에 3,940원이 된다. 요사이 러닝셔츠 가격은 천차만별이다. 인지도가 있는 우리나라 제품이 약 1,900원에서 5,300원 정도의 가격이다. 시골의 5일장에서 그 당시 제품 수준이라면 당연히 최저의 상품이라는 걸 염두에 두면 1,900원 적용이 타당할 것이다. 1970년대 시내버스 차비가 250원인 것에 비해, 2016년은 1,200원으로 4.8배로 올랐다. 러닝셔츠의 가격 인상도 4.8배를 적용하면 1970년도는 약 395원이 산출이 된다. 4명의 자식들에게 러닝셔츠 전부 사줬다고 하셨으니 1,580원이 된다. 따라서 1회의 고치의 판매한 가격은 5,520원, 연 2회이면 11,040원이라고 추측해 본다.

자식이 성장하면서 봐온 어머니는 결코 서둘지 않으셨다. 차근차근 목표를 설정設定하고 그 목표를 향해 아주 침착沈着하게 진행을 했다. 전장에 전투戰鬪하러 가는 군인들처럼 자신의 짜놓은 계획대로 움직였다. 옆도 보지 않았으며, 오직 앞만 보시고 쭉 걸으셨다. 가는 방향이 잘못되었다는 이웃의 조언도 듣지 않으셨다. 아니 이웃에 계시는 분이 이웃의 우리 어머니가 어디로 가시는지를 몰랐다는 게 더 맞을 수 있겠다. 남의 눈에 띄지 않게 밤이나 이른 새벽에 혼자서 묵묵히 길을 나섰으니까!

어머니는 여성이 아니었다. 그냥 어머니로서, 어머니의 길만 쪽 걸어가셨다. 그래서 여성들의 전용 단어인 매니큐어, 하이힐, 빨강 치마, 노랑 바지, 귀걸이, 스타킹, 마스카라 등은 곁에 두지 않으셨다.

1970년대 어머니는 고향 동네의 어머니들이 못 가졌던 것을 사용하셨다. 당연히 여자들이 소유하고 싶었던 화장품이었다. 모든 것이 귀했고 소중했던 시절임에 말할 나위가 없었다. 동동크림과 동동분粉을 가진 며느리였다. 립스틱Lipstick, 구찌배니도 가지고 있었다. 집 밖을 나갈 때는 덧칠을 하고 외출을 했다. 외출이라야 5일장 가거나, 자식들의 학교 방문 정도가 전부이지만…. 동동동 북을 치는 장사가 가져온 화장품이라 해서 동동크림이며, 일본식 발음 구리무가 합성이 되었다. 동동구리무라는 말은 언제 들어도 시골스럽게 친밀감을 준다. 립스틱이라는 일본말 구찌배니口紅도 그 시대에는 통상적으로 사용되던 단어였다. 입술에 바르는 붉은색 화장품으로 일제강점기 때부터 사용하던 말이다. 아직도 연세 많은 할머니들은 구찌베니口紅라는 단어를 사용한다. 우리나라 단어를 사용하지 않아서 안타깝지만 어떡하겠는가. 여태껏 쓰기도 했거니와 연세가 많아서 고칠 수가 없으니 별수 없지 않은가.

어머니는 할머니의 그 깐깐한 시집살이에도 여자이고 싶었던 시절이 있었다. 소위 예뻐지고 싶어서 고집을 피웠다고 한다. 이웃집 며느리들이 모두가 쪽진머리에 비녀를 꽂고 생활을 할 때 의성읍에 가서 불파마perm를 했다. 큰고모 숙임淑姙을 설득해서 앞장세워 의성읍에 다녀왔다. 비녀를 꽂던 쪽진머리가 변해서 곱슬곱슬한 파마를 한 며느리로 왔으니 집에서는 난리가 났다. 완고했던 할머니는 그런대로 이해를 하셨는데 할아버지가 난리를 쳤다. 할아버지는 머리숱이 곱슬곱슬해진 서양 며느리를 내치셨다. 며칠간을 단식투쟁으로 맞섰다. 서양 며느리가 해준 밥이 목구멍에 안 넘어간다고 이유를 달았다. 할아버지는 사오일이 지나서 겨우 단식투쟁을 마감하셨다. 1970년대였으니 보수적인 문화가 우위를 차지했던 시절이었다. 옆집의 이목도 있었으니 할아버지도 부끄러웠을 것이다. 집안의 최고 어른으로 위엄에도 상처를 받았을 것이다. 할아버지가 그 정도임에도 할머니는 기가 찼지만, 용서를 하셨다. 그렇게 깐깐했던 할머니도 깉은 여자로서 파마로 인한 가정의 분란을 더 이상 거론하지 않았다. 그런 계기로 동네에서 신여성문화의 선구자로 자리매김을 했다, 어머니는.

누나의 초등학교 때 기억이다. 간혹 어머니가 학교를 방문하면 기분이 좋았다. 여학생의 눈높이로 옆 친구가 충분히 시샘을 할 수 있는 우리의 어머니였다. 외모면 외모로, 세련이면 세련으로⋯. 어머니가 돈을 아낀다고 미장원에서 커트만 하고 학교를 방문해도 출중하셨다. 친구의 어머니는 앞가르마 타고 쪽진머리를 했지만 어머니는 파마머리 아니면 커트머리였다. 초등학교 6학년 때는 커트머리를 하시고 감색紺色 치마와 흰 저고리의 어머니가 최고로 젊고, 최고로 멋있었다. 그래서 우쭐하였다. 여학생으로 최고의 기분을 느낀 날이었다.

어느 집이든 혼사婚事 말이 나 돌때 과장해서 전달되는 것이 비일비재非一非再하다. 예를 들면 그 집은 돈이 많은 부자라고 하드라, 신랑은 대기업에 다니며 아주 잘생겼다, 등으로⋯. 어머니 역시 혼인 전에 들었던 말로 속상해 하셨다. 의성에서 부자라고 소문만 무성했지 모두가 기울어버린 껍데기 부자였다고⋯. 증조부님이 돈 많은 부자였고 자비롭고, 이웃에 봉사를 잘했다고 소문만 났지, 자식들을 능력 없이 키웠다고 속상해하셨다. 세상만사 모든 게 어려운 일이거늘 그중에서 제멋대로 안 되는 게 자식농사가 아닌가! 어머니는 웃어른들의 삶을 교훈으로 삼아 열정과 끈기있는 자식을 만들려고 배짱으로 혼신의 힘을 다했던 어머니였다.

뉴질랜드가 고향인 에드먼드 힐러리 경Sir Edmund Hillary (1919~2008)은 1953년 인류 최초로 에베레스트 산을 등정한 산악인 이었다. 그가 오른 세계에서 가장 높은 에베레스트 산 정상은 히말라야 산맥에 위치한 산으로, 높이가 해발 8,848m에 이른다.

에드먼드 힐러리 경은 이렇게 말했다.

내가 어떻게 에베레스트 산을 올라갔냐고요?

뭐 간단합니다.

한 발, 한 발 걸어서 올라갔지요.

진정으로 바라는 사람은 이룰 때까지 합니다.

안 된다고 좌절하는 것이 아니라, 방법을 달리합니다.

방법을 달리해도 안 될 때는 그 원인을 분석합니다.

분석해도 안 될 때는 연구합니다.

이쯤 되면 운명이 손을 들어주기 시작합니다.

어머니의
가정을 위한 축원문

자식은 부모의 등 뒤에서 배운다는 말이 있다.

곧 가정에서 부모들의 언행을 자연스럽게 터득하고, 생활의 습관까지도 배운다는 뜻으로 해석이 된다. 근검절약勤儉節約을 하기 위해 전깃불 끄기가 습성화된 가정에서 성장한 자녀는 스스로가 절약하는 정신이 길들여진다는 것과 같이….

어릴 때부터 어머니를 통해서 보아왔던 대표적인 것은 성실誠實과 절약節約이었다. 1960년, 1970년대에는 모든 가정이 그러했겠지만 자연스럽게 길들어진 습관이다. 또 한 가지는 새벽에 눈을 뜨면 대문을 먼저 여시는 것이다.

새벽에 대문을 열어야만 복福이 들어온다는 점을 항상 강조强調 했다. 새벽에 대문을 여는 것과 복이 들어오는 것이 무슨 관계가 있는지 늘 궁금했는데 세상을 살면서 이해하게 되었다. 새벽에 대문을 열어 복을 부르는 이치理致는 부지런한 습관을 길들여 평생토록 성실誠實한 삶을 사는 기초基礎를 다지는 것이라 생각이 된다.

부지런한 습성보다도 더 큰 복이 어디 있으랴!

자식들에게 재물財物을 물려주는 것보다….

네덜란드 출신 미국의 로마 가톨릭 사제이자 작가인 헨리 나우웬Henri Jozef Machiel Nouwen의 『나는 이런 사람이 좋다』에서 새벽을 이야기한 글을 소개한다.

> 하루 일을 시작하기 앞서
>
> 기도할 줄 아는 사람이 좋고
>
> 새벽 공기를 좋아해
>
> 일찍 눈을 뜨는 사람이 좋고
>
> (……)
>
> 적극적인 삶을
>
> 살아갈 줄 아는 사람이 좋고
>
> 춥다고 솔직하게
>
> 말할 줄 아는 사람이 좋고
>
> 어떠한 형편에서든지

자족하는 마음을 가진 사람이 좋다.

어머니는 새벽에 일찍 일어나서서 대문을 열어젖히고, 정화수
井華水 한 사발을 공을 들여 받아 놓고 모든 정성을 모아 축원祝
願을 했다. 헨리 나우웬의 시의 내용을 모두 충족充足을 시키셨
다. 기도하는 것도, 새벽에 일찍 눈을 뜨는 것도….

축원문祝願文을 외우는 내용에도 일정한 규칙이 있다. 한 사람
씩 이름을 불러내어 골고루 축원을 하셨다. 이름의 순서도 나름
정해놓은 규칙을 따르고 있다. 먼저 친손親孫을 먼저하고, 외손外
孫을 그다음으로 하시고, 연장자年長者순, 남자를 먼저, 여자는
다음, 윗대를 먼저 아랫대를 다음 차례로 축원을 하셨다.

할아버지, 할머니께 축원을 하실 때는 며느리의 이름을 부르
지 않고 손주의 어미로 표현을 하셨다. 슬기 어미, 가람이 어미,
용제 어미 등으로….

축원문의 내용과 불리는 이름이 반복되지만 어머니의 치성致
誠하는 원문을 그대로 기록함으로써 보존성保存性에 치중하고
싶다.

축원문祝願文을 녹음錄音해서 정리한 내용이다.

① 하느님, 별님, 달님, 햇님

그저 을해생** 가정에 웃들어 받들어 소원성취하게 해주소서.

을해생과 갑술생*** 건강하게 해주시고, 을해생과 갑술생 남의 눈에

잎으로 꽃으로 보이도록 해주소서!

② 하느님, 별님, 달님, 햇님

우리 맏아들 권영순, 권대순, 권철순, 권필희 동서남북 어디를 가나, 외

국에 가든지, 한국에 있든지, 무병장수하고, 발끝마다, 재수왕기財數旺

氣**** 말끝마다, 남의 눈으로 잎으로 꽃으로 보이고, 이 가정이 웃들어

받들어, 소원성취하게 해주소서.

③ 우리 맏며느리 구정숙, 둘째며느리 오광희, 셋째며느리 박주희, 우리

사위 허규, 동서남북 어디를 가나, 무병장수하고, 발끝마다 재수왕기,

말끝마다 남의 눈으로, 잎으로 꽃으로 보이도록 해주소서.

④ 하느님, 별님, 달님, 햇님

우리 손자놈들도 건강하게 해 주소서.

맏손자 용배, 용현이, 용빈이, 용제, 슬기, 가람이, 예리, 지영이, 광영이,

성영이 우리손서 하승우, 동서남북 어디를 가나, 무병장수하고, 발끝마

** 1935년생(돼지띠) 아버지 혁근赫根 님을 지징하심.
*** 1934년생(개띠) 어머니를 차교次嬌 님을 지칭하심.
**** 재물이 생기거나 좋은 일이 있을 운수에 기운이 왕성함.

다 재수왕기, 말끝마다 남의 눈으로, 잎으로 꽃으로 보이고, 그제 올해

생과 갑술생의 가정에 웃들어 받들어 소원성취하게 해 주시고, 앉아도

삼천리, 서도 삼천리 서산에 안개 지듯이 물에 거품 삭듯이 물 아래로

살살 내려가 그저 이 가정에 웃들어 받들어, 소원성취하게 해 주소서.

을해생 가정에

소원성취,

소원성취,

소원성취.

아벰요, 어멤요,

어멤요. 아벰요,

아벰요, 어멤요.

그저 을해생의 가정에, 그저 우리 가정에 웃들어 받들어, 웃들어 받들어,

소원성취하게 해 주시고, 아들, 며느리들 그저 남의 눈에 잎으로 꽃으로 보

이도록 해 주시고, 무병장수하게 해 주소서.

손자 권영순, 권대순, 권철순, 권필희, 동서남북 어디를 가나 무병장수하

고, 발끝마다 재수왕기, 말끝마다 남의 눈으로 잎으로 꽃으로 보이고, 손자

들이 마음먹은 대로, 뜻 먹은 대로 직장생활도 잘하고, 웃들어 받들어 소원 성취하도록 하게 해 주소서.

아벰 어멤이 웃들어 받들어 주셔야 사업이나, 건강이나, 직장생활 잘할 수 있습니다.

우리 슬기 어미, 가람이 어미, 용제 어미, 우리 허 서방 동서남북 어디를 가나 무병장수하고, 발끝마다 재수왕기, 말끝마다 남의 눈으로 ,잎으로 꽃 으로 보이고, 소원성취하도록 해 주소서.

저희들이 이렇게 잘살고 있는 것도 모두가 아벰, 어멤의 보살펴 주신 덕 분으로 고맙고, 존경을 드립니다.

아벰요, 어멤요.

고맙고 존경 드립니다.

우리 용배, 용현이, 용빈이, 용제, 슬기, 가람이, 예리, 지영이, 광영이, 성영 이 우리손서 하승우, 그저 친손이나 외손이나 하나같이, 하는 일마다 잘 되고, 외국에 가든지, 한국에 있든지, 고향에 있든지 아무 탈 없이 저 하고 싶은 것 들, 마음먹은 것들, 뜻 먹은 대로, 웃들어 받들어 소원성취하게 해 주소서.

그저 아벰, 어멤을 믿으며, 아벰 어멤이 웃들어 받들어 주신 덕분으로 압니다.

덕분으로 압니다.

이렇게 축원문祝願文을 외우시고 손을 가슴 앞으로 가지런히 모아 세 번 정성껏 절을 하시고 마치신다.

모든 어머니들은 자식을 위해 본인의 희생을 감수하면서 혼신魂神을 다하신다. 미미微微한 것까지도 의미를 부여附與하셨다. 그 의미는 멀고도 먼 인생의 길에서 환희歡喜의 빛이 되어 현실로 굳어지기를 갈구渴求하며, 확신確信을 하셨다.

대표적인 것이 태몽胎夢이다.

몇 십 년 전에 그 자식이 태어나기 전에 꿈에서 잠시 본 것을 희망을 본 것처럼 믿으며 부모님들이 정성만 기울이면 꼭 성취成就된다는 간절懇切함으로 치성致誠을 드리는 게 우리들의 부모님들이다.

마찬가지로 우리 어머니도 태몽胎夢을 꾸셨다. 누나는 개울에서 큰물고기를 건져 가슴에 안고 있었다. 따뜻한 가슴으로 체온을 전달하면서 큰물고기를 보듬고 있었으니, 물고기가 아니라 우리 식구가 된 것이라 상상을 하셨겠지…. 형님은 안동 와룡의 외가 앞마당에 돼지가 가득히 놀고 있었는데, 그중에 가장 큰 놈을 잡아 옆구리에 끼고 명잣 동네의 길로 힘차게 걸어가셨다. 돼지꿈은 통상적으로 재산운財産運의 상징으로 알고 있다. 가장 큰 돼지를 옆구리에 꼈다는 것은 큰돈을 본인의 이름으로 된 통장계좌에 입금한 것이나 진배없는 태몽이 아닌가!

나는 안동 와룡 두루의 장자골에 있는 외갓집의 밭에 박이 많은 달려있었는데 높은 곳에서 내려다보며, 그 밭이 전부가 어머니의 것이라고 선언宣言을 하셨다. 참 욕심도 많았던 꿈이다. 8남매의 이모와 외삼촌이 같이 성장하셔서 나누어 가져도 시원찮을 판에 어머니 혼자 독차지하시는 꿈을 꾸셨으니, 너무 과하신 꿈을 꾸셨다고 생각이 된다.

동생은 외가 와룡의 두루 종가집 앞의 큰 호두나무가 있었는데 곡식의 분량分量을 되는 말을 갖다놓고 수북이 따서 담으셨다. 어느 자식 하나 부족 됨이 없이 건강을 밑바탕으로 먹고 살아가는데 근심이 없도록 태몽을 꿔 주셨다.

사남매의 자식들이 그 꿈을 바탕으로 펼쳐질 미래에 대하여 한없이 믿으며, 긍정적인 파장波長과 정성을 쏟아 넣어 주시는 어머니다.

서울의 어느 전철역 유리벽에서 본 글이다. 우리네 어머니들이 자식을 위해 헌신하심을 표현한 이경 님이 쓴 시를 옮겨본다.

어머니 몸에선 언제나 생선 비린내가 났다.

등록금 봉투에서도 났다.

포마드 향내를 풍기는 선생님 책상 위에

어머니의 눅눅한 돈이 든 봉투를 올려놓고

얼굴이 빨개져서 돌아왔다.

밤늦게

녹초가 된 어머니 곁에 누우면

살아서 튀어 오르는 싱싱한 갯비린내가

우리 육남매

홑이불이 되어 덮였다.

밥상머리 교육

밥상머리 교육이 뭔가? 온 가족이 함께 모여 식사하면서 대화로 가정교육과 인성교육을 함양하는 시간이 아닌가. 의식주衣食住 중에서 정성껏 준비한 음식으로 식사를 겸하면서 어른들이 먼저 경험한 삶의 지혜와 예절교육 등을 전하는 시간이었다.

우리 사남매가 성장할 때 어머니는 거의 매끼에 상 3개를 차렸다. 외상獨床, 겸상兼床, 두레상을 각각 차리셨다. 외상에는 할아버지가, 겸상에는 할머니와 아버지가, 어머니와 자식들은 두레상으로 모여들었다. 상 3개를 준비하려면 상 1개에 비해서 일거리는 3배가 늘어나는 것이다. 반찬도 많이 준비를 해서 3상으로 나누어야 하는 것이 뻔하였다.

밥상머리 교육은 부엌에서부터 시작이 된다. 모락모락 김이나는 밥을 그릇에 담을 때부터 출발이 된다. 할아버지에게 첫 번째로 정성을 기울이고 담는 순서가 정해져 있기 때문이다. 잘 구워진 고등어 한 마리를 접시에 담을 때도 가장 살이 토실토실한 배 부분을 할아버지의 외상에 올리는 게 당연하였다. 그다음은 할머니와 아버지 순이었다. 그러다 보니 어머니는 늘 고등어 머리를 가지고 살을 발랐다. 철이 들기 전까지는 당연하게 고등어의 머리는 어머니의 몫이라고 알고 있었다. 상이 차려져 준비가 되면 할아버지를 모시고 오고, 할아버지가 숟가락을 들어국을 뜨셔야 할머니, 아버지 순으로 밥을 먹을 수 있음은 당연한 것이었다.

밥 먹는 시간이 가족회의시간이고 결산의 시간이었다. 예의에 맞지 않은 것은 바르게 꾸짖어주고, 자녀의 교육 문제, 쪼그마한 돼지밭의 농사 상태부터, 국가 경제의 흥망까지 거론의 대상은 광범위했다. 이웃집 개가 강아지를 몇 마리 낳았는지, 옆 동네 노인이 죽었는데 조문을 누가 가야하느냐 까지도 정하는 시간이었다.

시간이 많이 흘렀지만 회상回想 해 보면 동네의 어른들께 인사를 잘하라는 말씀을 가장 많이 하셨던 것으로 생각이 된다.

공자는 식불언食不言이라 했다.

이를 해석하면 음식을 먹을 때 말을 하지 말라는 것은 아니었다. 밥상머리에서 '쓸데없는 말'을 하지 말라는 뜻이라고 한다.

남의 험담, 상처 주는 말, 헛소리 등은 하지 말라는 쓸데없는 말의 종류가 될 것이다.

문헌에 따르면 조선시대에는 밥상머리 교육으로 식사예절을 통한 인성교육을 중요시했다. 그 예가 다섯 가지 관점인 식시오관食時五觀이다. 이덕무李德懋의 백과사전『청장관전서靑莊館全書』와 빙허각이씨憑虛閣李氏, 1759~1824의 여성생활백과『규합총서閨閤叢書』에 잘 정리돼 있다.

첫째, 힘듦의 다소를 헤아리고 저 음식이 어디서 왔는지 생각하여 보라. 둘째, 자신의 덕행德行을 반성하고 음식을 받아야 한다. 셋째, 마음을 절제해 지나친 탐욕을 금한다. 넷째, 과식하거나 편식하지 않는 바른 식습관으로 건강을 유지해야 한다. 다섯째, 도업道業을 이루어 놓고서야 이 음식을 받아먹으라고 가르치고 있다. 여기서 도업은 불교에서 불도수행으로 일반인에게는 자신에게 맞는 일이라고 해석하고 싶다.

어머니는 밥상머리에서 여러 가지 교육을 많이 하셨다. 그중에서도 가장 기억이 나는 것은 담배를 피우지 않았으면 했다. 그것도 종종 하셨다. 담배는 백해무익百害無益하니 피우지 않았으면 좋겠다고 하면서 술酒은 사회생활을 하는 남자의 입장에서 대인관계를 유지하는 데 꼭 필요할 것 같다고 부추겼다. 그것도 많이 마시지 말고 적당하게….

1970년도만 하더라도 직장생활의 대세가 남자들이었으니, 아들에게만 강조했다. 첩첩 산골 안동 와룡 뒷골에서 시골동네 의성 안평으로 혼인이 되어 오신 분이 남자들의 사회생활을 하는데 술이 필요하다는 것을 어떻게 가늠하였는지도 궁금했다. 그러한 것을 자식 교육에 활용을 하셨다는 것도 희한稀罕한 것이다. 도회지에 살아 보지도 않으셨으니 더욱이 그렇다.

어머니의 밥상머리 교육의 효력인지 3형제는 지금 모두가 금연자가 되었다. 지금까지 살면서 흡연과 금연을 반복했던 아들이 있기도 하다. 그래도 어디인가? 지금 담배를 피우지 않는다면 밥상머리에서 반복한 교육이 값어치를 발휘한 것이 아니겠는가.

통혼권通婚圈이란 혼인을 하는 사회적, 지역적 범위를 말하는 것으로 『한국민속대백과사전』에서 다음과 같이 풀이해 놓았다. 조선시대의 저명한 계층은 유림儒林을 통해 폭넓은 사회관계망이 형성되고 종족의식과 사회적 활동범위가 넓어져 먼 곳까지 혼인을 한 것이 뚜렷했다. 반면에 사회적 경제적으로 활동범위가 넓지 못한 경우에는 이러한 폭넓은 사회관계망의 구축이 불가능했으므로 비교적 가까운 일상적인 생활권의 범위 안에서 혼인을 했다.

그래서 강조한 것은 아니었겠지만, 어머니는 어린 자식들 앞에서 먼 곳으로 결혼을 했으면 좋겠다는 주창主唱을 하였다. 처갓집과 화장실은 멀수록 좋다는 격언도 일조一助를 했으리라 생각이 된다.

밥상머리 교육의 덕분인지 자식들은 먼 곳으로 혼인하는 데 성공을 했다. 결정되는 과정이 운명運命인지 선택選擇인지는 모르지만 밥상을 앞에다 두고 늘 말씀한 대로 성사成事가 되었다. 가장 가까운 곳이 170리, 70㎞가 떨어진 대구로 혼인이 되었고, 600리 이상의 서울과 전라북도 전주까지 혼인이 되었으니 말이다.

누나는 학교를 졸업하고 남동생 셋을 자취를 시켰다. 대구 고성동이라는 동네인데 시민운동장 야구장이 인접한 골목에서 살았다. 2층집 옥탑방으로 방 2칸과 부엌이 있는 곳이었다. 그 시절에는 그랬듯이 1층에 공동화장실이 있는 집이었다.

주인아저씨는 부산이 고향이신 추씨 성을 가지신 분이었다. 얼마나 악착같은 삶을 사는지 낮에는 직장생활을 하고, 퇴근 후에는 태산같이 번개탄을 짐자전거에 싣고 대구 시내 골목을 누비며 구멍가게에 판매를 하고 다녔다. 소위 투잡two job을 했다. 몸도 왜소했다. 모든 삶이 성공하는 자세로 똘똘 뭉쳐져 있었다.

골목 안에는 공사용 고무장갑을 만드는 공장이 있었다. 모든 물품이 귀한 시대였으니 공사용 고무장갑은 더 귀한 상품이었다. 고무장갑 공장은 젊은 총각이 운영했다. 그 총각이 사장있었다. 일찍이 아버지의 사업체를 인수받아 경영수업을 쌓고 있

었다. 같은 골목이라는 우연성과 접근성이 맞아 떨어졌다. 선남
선녀였으니 내심 남의 눈을 피해 힐긋거렸을지 모르는 일이다.
두 사람을 눈여겨보던 그 골목에 사는 할머니가 중매를 했다.
그래서 누나와 자형姊兄 허규는 부부의 인연이 되었다. 골목의
터줏대감과 시골 처녀는 지금도 그 골목에서 부부로 살고 있다.
  고성동 골목길과 누나와 자형에 대해서 쓴 글이 있다. 이 면
으로 옮겨 볼까 한다.

누나 생각

갓난아이의

우리 삼 형제를 키운 건

어머니였다면

사춘기의 회색시간을

하늘색으로 만들어준 사람은 누나였다.

학교 때문에 경험한 도회지 안동에서

더 큰 도시 대구를 추천해서

우리 삼 형제는 대구에서 자취가 시작이 되고

그리고 누나는

객지의 냉엄한 가장家長으로 자리했었다.

누나가 잘 만든 음식은

어묵을 넣은 된장찌개와

납작국수로 삶은 짜장면이었다.

형 친구 정주 형은

형 어머니가 만들어 주신 쇠고기를 넣어서 만든

짜장면 보다

누나가 만든 짜장면이 더 맛이 있다고

그 날은 우리의 자취방을 죽치곤 했다.

어금니에 고기도 씹히지 않던 그 짜장면을 기다리며

빠듯한 한 달 용돈을 가계부에 의지했던 습관이

지금은 반듯한 아지매로 굳어졌지만

변변한 원피스 한 벌 없고

뒷굽이 높은 힐이 얼마나 신고 싶었을까를 생각하면

꿈 많던 스무살 아가씨가 아른거려

지금도 마음이 짠하다.

그 자취방 골목에서

최고의 사위라는 우리 어머니의 칭송을 받는

반듯한 청년을 만나

아직도 대구 고성동 동네에서

할머니를 꿈꾸고 있는 누나를 떠올리면

왜 이리 눈시울이 뜨거워지는지!

-2011.07.07.-

누나는 2011년 11월에 할머니가 되었다. 첫 손녀를 봤다. 이어서 손자가 태어났으니, 손녀와 손자를 다 가진 할머니가 되었다. 누나 나이 쉰여섯, 자형 허규의 나이 쉰아홉에 할머니와 할아버지가 되었다.

자식이 잘 못되기를 바라는 부모는 단 한 명도 없을 것이다. 그 자식들을 곁에 두고 살고 싶지만, 시대의 흐름에 따라 모두가 객지로 나가게 된다. 선택의 여지는 우리에게 주어지는 게 아니다. 사회구조에 따라가는 것이다. 곁에 있으면 감독도 하고, 잔소리질도 하련만 그렇지 못한 게 현실이다. 그래서 밥상머리에서 더 긴 이야기로 이어졌겠다 싶다. 온 가족이 모이는 시간이 그 시간밖에 없는 형편이니 더욱 그러했겠지….

차조심, 술조심, 여자조심, 사람조심, 연탄가스까지 조심해야할 시절이었다. 제일 친한 친구도 조심해야 할 대상이 되었다.

특히 친한 친구에게 신용보증을 서 줘서 전 재산을 탕진한 사례가 자주 입으로 오르내리고부터는 더욱 강조를 한다. 신용보증은 부자父子간에도, 형제兄弟간에도 서 주는 게 아니라고 교육을 시킨다. 맞는 사실이다. 보증을 잘못 섰다가 친구관계도 원수로 변하고, 어렵게 이룬 전 재산도 한꺼번에 잃은 경우를 종종 볼 수가 있었다. 특히나 친구를 많이 끌고 집으로 온 형님과 동생에게 강조를 했다.

할아버지 상에는 매번 무나물이 반찬으로 올려졌다. 밥솥에 쪄 노란색의 참기름이 점점이 박혀 있는 무나물이었다. 냄새도 고소했다. 어린 마음에 굉장히 맛있는 반찬일 거라 생각을 했다. 그러지 않고야 매번 할아버지 상에만 반찬을 올릴 수가 없지 않은가? 할아버지가 상을 물리시고 어머니가 상 정리를 하는 어수선한 틈에 손가락으로 집어 입으로 털어 넣었다. 결과는 엄청나게 실망했다. 물컹거리는 식감부터 무슨 맛인지 알 수가 없었다. 부드럽고 소화도 잘되어서 할아버지 상에 자주 올렸던 것 같았다. 할아버지가 좋아하시고 매끼 반찬으로 올라왔던 무나물이 그러나 굉장히 실망했던 그 반찬이, 이제 입맛에 맞는 나이가 되어 버렸다.

밥상머리에서는 자식들의 식성을 파악하기도 한다. 아버지가 생존해 계실 때 해 주신 말씀이다. '네 어머니가 자식들 식성을 이렇게 이야기했다. 딸은 생멸치와 생멸젓갈을 좋아하고, 맏아들은 고추 부침개와 생나물에 비빔밥을 해서 잘 먹고, 둘째아들은 식성이 아무거나 잘 먹으며, 막내아들은 절편에 호박잎 쌈을 잘 먹는다'고… 그렇다. 나는 편식 없이 아무음식이나 잘 먹는다.

하버드대 캐서린 스노우박사팀이 1980년대 진행된 연구결과에 의하면 만 3세 어린이가 책 읽기를 통해 배우는 단어는 140개이나 가족식사를 통한 대화에서는 1,000여 개를 학습한다고 한다. 밥상머리 교육의 효과는 아이들이 똑똑해지며 안정감을 느낀다.

미국 콜롬비아 대학 연구에 따르면, 가족 식사를 많이 하는 아이들은 그렇지 않은 또래들에 비해 'A'학점을 받는 비율이 2배 높았고, 청소년 비행에 빠질 확률은 50%나 낮았다.

그러나 어찌하겠나! 지금 우리의 사회구조는 도시화 생활로 무한경쟁의 무대에 설 수밖에 없는 현실이다. 아버지는 직장에서 야근이며, 회식으로 늦게 들어오고, 어머니들조차 돈을 벌지 않으면 생활이 영위가 되지 않아 직장에 얽매여 있다. 식사 때를 놓친 자녀들은 또래와 함께 라면, 햄버거, 피자 등의 즉석요리 등으로 끼니를 때우며 학교와 학원을 전전하는 현실이다.

할아버지를 중심으로 하는 가정 내 위계질서 유지는 먼 나라의 이야기가 되었다. 태어나면서부터 익숙해진 밥상머리 문화는 박물관에 가야만 찾아볼 수 있는 게 현실이 되었다. 그 시대는 할아버지 중심의 문화가 제격이고, 유지할 수 있는 환경이었으며, 당연히 받아들이는 긍정의 요소가 더 많았으리라 생각해 본다.

가족끼리 밥상머리에서 이마를 맞대고 밥 먹을 시간이 힘들어지는 지금의 도시화 생활… 뻔한 잘못을 알면서도 고쳐 나갈 수 없는 현실이 안타까울 뿐이다. 그 현실 속에 우리는 살고 있다.

아버지 우리 아버지

자상하시고, 합리적이시고, 온화하셨던 아버지는 2016년 6월 16일 우리 곁을 영원히 떠나가셨다. 자식들을, 손주들을, 이웃들까지도 한없이 아껴주시고, 소소한 감정으로 녹여주셨던 분이기에 더 가슴이 아프다.

그리고 현재의 핵가족核家族시대에 지키기가 어려운 가정의례 등을 아버지가 먼저 합리적으로 고쳐 주셨고, 본인이 생각하시지 못했던 것조차 말씀을 드리면 흔쾌欣快히 받아 주셨던 훌륭하셨던 분이셨다.

아버지는 양자養子를 가서서 부모님이 양쪽 집 네 분이었으며 외아들이었다. 양가養家 할아버지 할머니가 두 분이 돌아가시고 5년 뒤 안평 창길동에서 따로 사셨던 친가親家의 할아버지마저 1982년에 작고作故하셨다.

그때까지 생존해 계셨던 어른은 친가의 할머니밖에 계시지 않으셔서 안평 박곡동 아랫양지 집으로 모셔서 한집에 같이 살았다. 할머니를 모셔서 한집에 사시면서 아버지께서 어머니께 말씀하셨다.

'내가 왜 이렇게 왜소矮小하게 살이 안 찌는지 아느냐? 어른들이 많아 어떻게 모셔야 될 지 신경을 너무 써서 그렇다'라고 하셨다.

친가의 할머니를 모셔 온 이후로 체중도 느셨으며, 배도 조금씩 나왔다. 마지막으로 살아계시는 어머니, 우리들에게는 할머니를 모시면서 마음이 편하셨던 게 맞았다. 그때가 아버지 연세 사십 대 후반이셨다.

아버지는 체신공무원으로 34년간 봉직奉職하셨다. 그 34년 중에 2번의 사직서辭職書를 제출하셨다. 한 번은 누나가 중학교 시절이니까 1970년쯤이라고 추측이 된다. 그때 우체국보험이 상품으로 처음 나와 대구체신청에서 적임자로 선정이 되어 전근명령을 받았으나 사직서를 냈다. 또 한 번은 연도를 알 수 없으나 경주로 명령을 받고 사직서를 냈다가 반려가 되고, 전근명령도 취소가 되었다.

근무지 변경은 고향 의성 안평을 떠나야 되는 것이고, 고향에 계시는 두 가정에 네 분의 부모님을 보살펴야 하는 중책에 어긋나기 때문이라고 했다. 양쪽 집에 오로지 하나밖에 없는 아들이기 때문이었다.

아버지는 혼인하여 어머니의 첫 근친 후에, 서울에 있는 미군 부대에 취직을 하셨다. 미군 측에서 일본에 주둔하는 미군 부대로 옮겨 근무해 줄 것을 요구해서, 결국은 미군 부대조차도 근무를 종결짓고 고향 의성 안평으로 낙향을 하셨다. 이 모든 것이 고향에 계시는 네 분의 부모님을 모셔야 하는 것 때문이었다고 생전에 말씀하셨다.

아버지는 네 분의 부모님께 등을 긁어 드린다든지 밤을 새워 조곤조곤 이야기를 나누는 모습은 보지 못했다. 그렇다고 부모님에게 불편한 언행을 하는 것도 보지 못했다. 직장에서 몇 번의 사직서를 제출하시고, 일본으로 근무지 변경을 거부하셨던 이력은 네 분의 부모님을 모셔야 한다는 깊은 효심에서 출발된 것이 분명하다. 그러한 효심은 곧 강한 책임감으로 사생결단死生決斷하게 만들었다. 직장을 그만두면 성장하고 있는 네 명의 자식 미래는 불투명해질 것이 뻔한 사실임에도 부모님의 봉양을 위해서 한 생각, 한 방향으로 사직서를 제출한다는 게 결코 쉬운 결정은 아니라고 생각이 된다.

아버지는 글도 잘 쓰셨다. 작문을 하셔서 자식들에게 이메일로 보내 주셨다.

2011년, 아버지 연세 78세 때 본인의 삶을 되돌아보면서 지으
신 시詩다. 형님이 보관하던 것이다.

강江

권혁근權赫根

길고 험한 강

십리도 먼데

백리강은 더욱 멀고

칠백팔십리는 세일 수도 없네.

백팔십리를 흘렀을 때

같이 흐를 동반자를 만났네.

부축을 받으며 험한 내를 흘렀네.

혼자였으면 땅속으로 스며들어 못 흐르고 말았을 걸

동반자가 있어 밀고 당기며 흘렀네.

가랑비도 소나기도 서리도 눈도

가릴 것 없이 다 맞았네.

그래서 강이 되었네.

만약에 되돌아가 볼 수 있다면

이백리를 되돌아가

제2훈련소도 가보고

삼백리를 돌아가 직장생활도 해 보고

사백리를 돌아가 아비 같은 아비도 되어보고

오백리를 돌아가 효행도 실천해 보고

육백리는 되돌아가기 싫은 정년停年이었네.

험하고 먼 하천이 포장하천이 되었건만

되돌아가기엔 강 팔백리 하구河口가 눈앞이네.

그런대로 험하고 긴 강

멎지 않고 흘러옴은

동반자의 부축이 지대했고

매달린 열매도 잘 익어 갔고

이 모두가 조상님들의

선행음덕先行蔭德인줄 생각하네.

바다가 저기니 나도 조상 되겠지

음덕을 베풀어 후손에게 전하리.

- 2011. 12. 27. -

먼 하늘나라로 가셨지만 아버지께서 친히 만드신 시詩다. 우리 사남매에게는 당연히 소중한 유물遺物이다.

아버지의 뜻에 맞는지 그른지는 모르겠으나 해석을 해 보려한다.

아버지가 생존하지 않으시니 물어볼 수도 없고, 가슴이 아프다.

칠백팔십리의 강줄기의 표현은 아버지가 살아오신 삶이 78년이 되었다는 뜻인 것 같다. 백팔십리를 흘렀을 때는, 18세에 천상의 배필配匹로 어머니와 혼인婚姻을 하셨음을 밝히는 듯하다.

그리고 삶을 되돌릴 수 있다면, 20대에 다시 군인이 되고 싶으며, 30대에는 또 다른 직장생활을 하고 싶으며, 40대에 더 훌륭한 아버지로 자리매김하고 싶으시고, 더불어 효행도 하시고자 했다.

여든을 눈앞에 둔 삶이니, 강江의 물길이 말라버려 강이 아니라 포장하천이 되어 버렸고, 하구河口가 눈앞이라는 우회적인 표현으로, 삶의 종착지에 거의 와 있다고 표현하셨다.

멎지 않고 78세까지 살아오는 데는 아내, 우리들의 어머니의 도움이 많았다고 고마워했다.

자식들도 건강하게 성장을 했고, 결혼을 해서 가정을 이뤄 살고 있으니 이 또한 조상의 보살핌이지, 아버지로서 본인의 노력의 결과가 아니었다는 겸손함을 녹여서 표현하셨다. 이생을 떠나 저승으로 가더라도 먼저 가신 조상들처럼 후손들이 잘되는 데 힘쓸 것이라 하고 글을 마치셨다.

아버지를 이 땅에서 영원히 보내드리는 장례葬禮를 다 치르고 안평초등학교 동창 중에 두분이 장지인 안평 석탑동 막닥골까지 오셨다가 가셨다는 소식을 들었다. 장례시간을 잘 못 확인한 결과라고 했다. 한 분은 의성 도리원에서 경화당 한의원의 이충교 님이고, 한 분은 안평 포동에 계시는 오상원 님이다. 다른 분들은 전화로 고마운 뜻을 전달해도 되지만 두분은, 생존해 계시는 몇 안 되는 아버지의 친구로 찾아뵙고 인사를 드리는 게 예의禮儀인 것 같았다.

옛 친구를 먼저 보내는 슬픔을 같이해 주시고, 아버지가 안동 병원에 입원해 계실 때도 병문안病問安을 오셔서 고맙다는 인사를 두루 했다.

그 자리에서 경화당 한의원의 이충교 님은 말씀을 하셨다. 자신은 예순둘에 아내와 사별死別을 하셨다. 그리고 3~4개월이 지나서 아버지께서 일부러 찾아와 간청懇請을 했는데 내용은 재혼再婚을 해서 행복을 찾았거나, 만족滿足하는 이를 한 사람도 못 보았다며, 재혼을 반대하는 조언助言을 하셨다. 의성 안평에서 도리원까지가 14㎞, 30리의 거리를 일부러 오셔서 간청을 하셨다.

스스로 생각해도 좋은 혼처婚處 한두 분이 소개되었지만 인연因緣이 되지 않으려는 운명運命과 아버지의 뜻도 헤아려 현재까지 20여 년간을 자식들과 어울려 독신獨身으로 살고 계신다.

지난 시간을 뒤돌아보았을 때 독신으로 혼자 사셨던 것이 바른 판단이었는지를 여쭈었더니, 독신으로 계속 살아가는 것이

재혼을 하는 것보다 더 좋을 것이라는 아버지의 간청이 맞았다. 그러시면서 아내를 잃어 쓸쓸해 하는 친구를 헤아려 주는 정 많고 속 깊은 친구를 저 세상으로 가는데 앞세워서 많이 섭섭하시다는 말씀을 덧붙였다.

좁은 시골동네라 모두가 인연으로 얽혀 있다. 이충교 님의 질녀姪女가 안평중학교 나의 동창 이금희다. 숙부叔父인 이충교 님을 찾아뵈었던 내용을 전했더니 친구와 아버지가 맺었던 인연을 핸드폰 문자로 보내 왔다.

'인자하신 아버지 좋은데 가셨을 거야! 어린 시절 불안에 떨던 한 소녀를 자상하게 토닥여 주시던, 친구를 알기 전부터 아버지를 가슴으로 존경했었지. 세월에 묻어 천천히 마음 추스르시길 바라요!'라고….

이 동창은 안평면의 하령초등학교를, 나는 안평초등학교를 졸업했다. 중학교만 동창이 되어 같이 다녔다.

또 다른 고향 친구는 나에게 이렇게 전했다. 아주 예전에 의성 안평우체국에 들렀을 때, 처음 보는 수동식 전화기 앞에서 막막해 하는 나에게 너희 아버지는 다정다감多情多感하게 사용법을 가르쳐 주셨다.

지금도 그 정감을 잊을 수가 없다는 추억담追憶談은 나의 가슴을 요동치게 만들었다. 그렇다, 우리 아버지는 따스한 분이었다.

가르쳐 주는 방법에도 여러 가지기 있을 것이다. 무덤덤하게 가르쳐 주는 사람과, 화가 난 듯이, 아니면 정감있게 알아듣기 쉽도록…. 아버지는 정감있게 알아듣기 쉽도록 가르쳐 주신 분이었다. 확신할 수 있다.

의성 안평 석통이라는 동네에 살았던 고향 친구 김규탁이 전해 주던 말이다. 서울 근교의 산행을 하면서 해 주던 이야기다. 50년 전후를 돌아보면, 부질없는 시골 동네에서, 서푼 벼슬에 감당을 못해 군림君臨하고 주체를 못하는 분들이 많았다. 그런데 너의 아버지는 그렇지 않으셨다. 정이 많으셨고, 어린아이들조차도 막 대하지 않으신 분이었다. 여기서 서푼 벼슬이라는 것은, 포괄包括적으로 사용했던 표현으로 생각이 된다. 작게는 몇 살 나이가 더 많은 선배로부터, 동네의 반장, 동장, 면사무소 직원, 선생님 등 본인보다 어느 한 부분이라도 위라고 생각했던 고향 사람들을 총칭總稱했던 것으로 생각이 된다. 하잘것없는 것에 위세威勢를 부리고, 잘난 체하고, 남을 무시하고, 업신여기는 행동을 한 사람들….

화향백리花香百里, 꽃 향기는 백리를 가고,

주향천리酒香千里, 술 향기는 천리를 가며,

인향만리人香萬里, 사람의 향기는 만리를 간다고 했던가!

아버지는 향기香氣가 있었던 분이다. 남의 안타까운 모습을 보고 그냥 지나치는 분이 아니었다. 관심關心을 가시시고 물어보고, 도울 수 있는 방법이 뭔지를 고민苦悶하셨던 분이시다. 스스로 도울 수 있는 범위라면 흔쾌欣快히 도와 드리고, 필요할 때 다시 도와드리겠다는 말씀을 하셨을 분이라고 생각이 된다.

만리萬里는 4,000㎞의 거리이다.

곧 사람의 향기는 국경國境을 초월超越해서 불특정인不特定人의 가슴을 뜀박질을 시키고, 매료魅了시키는 것이다. 누구인지 잘 모르는 사람에게 가슴을 따스하게 데워서 이 나라 저 나라를 떠돌며 희망의 행보行步를 하는데 밑거름이 될 수 있다는 것이다. 알 수 없는 사람의 가슴에 녹아, 은은한 감동의 강江이 되어 흐를 수도 있으리라.

시인 안도현 님의 글처럼

삶이란

나 아닌 그 누구에게

기꺼이 연탄 한 장 되는 것.

이웃이나, 친척들이나, 며느리에게나, 손자들에게

그냥 연탄 한 장으로

때로는 따스하게,

어떨 때는 스스로 절절 끓도록 내버려 두는 분이었다.

아버지는 역지사지易地思之를 늘 강조하셨다. 언제가 이메일로 '오늘의 며느리가 내일의 시어머니가 된다'라는 글을 보내 주셨다. 그러면서 말 같지 않은 말이지만 깊이 생각하면, 무서운 뜻이 내포內包되어 있으니 음미를 잘 해보라고 하셨다. 역지사지가 무엇인가? 처지를 바꾸어서 생각하여 보는 것으로, 곧 남을 배려하고, 늘 겸손하라는 뜻이 담겨있다.

겸손하게 살라는 의미의 명언은 권불십년權不十年이며, 아무리 힘이 있는 권력이라 해도 10년을 넘기지 못하며, 화무십일홍花無十一紅이라, 화려하고 아름다운 꽃도 열흘을 넘기지 못하느니.

그렇다. 세상살이가 변화무상變化無常하여 영원永遠히 쭉 이어가는 것은 하나도 없다. 음지가 양지가 되고, 양지가 음지가 되니, 잘 나갈 때 몸을 낮추라는 뜻이 아니겠는가!

가마를 타게 되면 가마꾼의 어깨를 먼저 생각하라는 말과 같이…:

남을 대할 때는 봄바람처럼 따뜻하게 하고, 자신에게는 가을서리처럼 차갑게 대하라는, 대인춘풍 지기추상待人春風 持己秋霜을 다시 한 번 새겨본다.

아버지는 어린 사남매의 자식들이 입학 시기가 되자 한해 두 자식이 동시에 입학 되는 것을 피避하기 위해서 초등학교 입학 시기를 조절調節해서 입학시켰다.

한 자식은 중학생으로 또 다른 자식은 고등학교로 같은 해 입학을 하게 되면 입학금과 교복, 새 교과서값 등으로 목돈이 두 배가 드는 것을 막자는 생각이었다.

그러다 보니 정상적으로 8살에 입학을 한 자식도 있고, 한해 먼저 7살에 입학한 아들도 있었다. 나는 동시 입학을 피하려 1년 일찍 입학한 자식 중의 하나였다.

키도 왜소하고 똘똘하지도 못하여 유급을 염두에 뒀으나, 한글도 깨치고, 덧셈, 뺄셈도 그런대로 해서 2학년으로 승급이 되도록 놔두었다고 했다. 이렇듯 아버지는 매사에 논리적이며, 치밀하게 따져보시고 시행하시는 분이었다.

우리 증조부의 휘자는 영주寧周 님이다.

세 번이나 결혼하셨다. 첫째 할머니는 진성이씨에서 혼인되어 신행 때 병환으로 돌아가시고, 둘째 할머니는 흥해배씨 집안에서 오셨는데 딸 하나를 낳으시고 또 일찍 돌아가시고, 셋째 할머니는 영양남씨 집안에서 오셨는데 할아버지가 먼저 돌아가시고 할머니가 20대에 혼자되어 일흔까지 사셨다.

아내 세 사람에 딸 하나만 두셨으니 자식이 굉장히 귀했던 분이었다. 아버지는 4분의 증조부모님의 산소가 3곳으로 나누어 모셨던 것을 한 곳으로 모아 주셨다. 안동 낙동강 변에, 의성 일직의 장사리에, 의성 안평 부릿골 운암사 절 아래 산자락에 있어 관리의 어려움이 많았다.

벌초며, 성묘까지 모시는 일들이 하루에 끝내기가 어려웠다. 아버지는 본인까지만 관리하신다고 4분 증조부모님 산소 봉峯의 흙을 가져왔다. 그 산소 흙으로 안평 석탑동 막닥골 선산에 단壇을 조성해서 관리하는 범위도 줄이고, 돌아가신 어른들도 보살피는 일석이조一石二鳥의 제례祭禮 개선을 해 주셨다. 생전에 조치가 되어야 자식들에게 부담을 줄인다며, 제도를 바꾸어 주셨다.

내가 초등학생 때이다. 아버지의 자전거 뒷자리에 탔다. 우체국에서 사용하는 빨간 자전거를 탔다. 안평 사급들판을 페달을 밟아가면서 말씀을 하셨다.

'돈은 벌기는 쉬우나 그러나 돈 쓰기는 어려운 것이다.'

초등학생이 무슨 말인지 통 이해가 되지 않았다. 어린 나이에 무척 어려운 말이었다. 이어서 아버지가 방금 하신 말씀에 부연敷衍을 해 주셨다.

'돈을 벌어서 모으는 것은 노력만 하면 이룰 수 있다. 그러나 돈을 요긴要緊하게, 의미가 있게 잘 쓰기는 참 어려운 것이다'라고.

그렇게 아버지는 초등학생인 아들에게 심오深奧한 교훈을 심어 주신 분이었다.

성인이 되어, 객지생활을 하면서 어려운 이웃을 위해 선뜻 큰 돈을 잘 쓰는 사람을 보면서 어릴 때 아버지가 돈에 대하여 말씀해 주셨던 이야기가 떠오르곤 했다.

그래, 돈은 저렇게 쓰는 것이구나! 아래를 내려 보면 베풀 수 있는 삶이지만, 위를 쳐다보면 한없이 자신이 초라한 인간임을 자각하게 되었다. 본인 스스로에게는 자긍심自矜心으로 높게 평가하면서, 수없이 비우는 연습을 해야만, 마음이 행복해지는 곳으로 조금 더 가까이는 가는 것을 알게 되었다.

아버지는 차남인 내가 첫돌이 지났을 때 체신공무원으로 채용되셨다. 첫 출근 날이 정해졌을 때 어머니에게 고향집 뒷마루에서 상의를 하셨다. 출근을 해서 봉급 2만 원을 받으면 양가養家와 친가의 두 분 할머니들이 200만 원어치 싸움을 하실 텐데 어떡하면 좋겠느냐고 물으셨다. 어머니는 성장하고 있는 자식 네 명을 학교를 보내서 현대적 인간을 만들어야 하는데 앞뒤를 생각하지 말고 출근을 해서, 봉급을 벌어 오셔야 된다고 강하게 이야기했다.

오래전에 어머니가 해주신 이야기다. 시골에서 고등학생도 귀했던 시절이라고 했다.

윗동네의 고등학생이 지나가면 끝없이 지켜보았다. 쑥색 바지의 교복과 한자漢字로 된 고高자의 모표가 달린 모자를 쓰고 신

작로新作路를 활보闊步하는 모습을, 사라질 때까지 지켜보았다. 내 자식은 저 학생처럼 학교에는 보낼 수 있을지 늘 고민이었다. 자식들의 성장과 미래가 늘 간절했다.

독일의 정치가 비스마르크는 운명에 대하여 이렇게 이야기했다.

> 자기 앞에 어떠한 운명이 가로놓여 있는가를
> 생각하지 말고 앞으로 나아가라.
> 그리고 대담하게 자기의 운명에 도전하라.
> 이것은 옛말이지만 거기에는 인생의 풍파를
> 헤쳐 나가는 묘법이 있다.
> 운명을 두려워하는 사람은 운명에 먹히고,
> 운명에 도전하는 사람은 운명이 길을 비킨다.

어머니 앞에 놓인 운명은 40대부터 서서히 길을 비켜주었다.

군장교시절에 진급심사에서 낙선이 되었다. 진급에서 떨어진 것이었다. 그 내용을 아버지와 통화를 하면서 나도 모르게 울컥하면서 울게 되었다.

그때 아버지께서 하신 말씀이, '앞으로 살아야 할 날이 많은데 그것 가지고 우느냐? 특히 자식들 보는 앞에서는 절대 울지 마라'고 하시고 전화를 끊으셨다. 지금 생각해 보니 나의 전화를 받으시고 몇 날을 상심에 잠겼을 것으로 생각되어 죄스러웠다.

그렇지 않아도 자식 사랑이 끔찍하신 분이 가슴이 얼마나 아팠을까 생각하니 후회가 막심했다. 아무리 우뚝하신 아버지이지만 성품이 여리신 분인데….

나는 부모님의 성품에 대하여 이렇게 종종 표현했다.

7월 같이 뜨거운

어머니의

열정

단풍이 물든

10월 같은

아버지의

잔잔한 감성

형님은 아버지가 말씀하신 인분人糞과 관련된 이야기를 가슴에 담고 있다. 인분이 무엇인가? 사람의 똥이 아닌가? 내용은 이러했다. 중학교 다닐 때 종종 고향 집 재래식 화장실의 인분을 퍼서 밭에 뿌리곤 했다. 물론 아버지와 함께 그 일을 했다. 그때 아버지께서는 인분과 관련된 교훈적인 이야기를 가슴에 새겨줬다.

'세상에는 세 분류의 사람이 있다. 한 분류는 남의 똥을 본인의 지게로 져 주는 사람과 또 한 분류는 본인의 똥을 본인이 직접 버리는 사람과 마지막 분류는 본인의 똥을 남을 시켜서 버리게 하는 사람이 있다. 너는 어떠한 사람이 되겠느냐?'고 물으셨다.

각박하고 경쟁이 심한 서울이라는 곳에서 조그마한 사업을 하며, 어려울 때마다 아버지가 해 주셨던 교훈적인 말씀을 되새긴다고 한다. 그러면 마음을 다시 잡는 힘이 생긴다고 했다.

퇴직하신 후 아버지는 매월 공무원연금을 타셨다. 그 날은 손자들의 은행통장계좌로 용돈을 넣어주셨다. 그리고 전화를 해서 손자들에게 공부를 열심히 하라는 말씀을 단 한마디도 하지 않았다. 시간 날 때마다 운동을 열심히 해서 건강하라고는 종용慫慂했지만….

서울에서 손주들이 고향 의성 안평을 오면 농촌체험으로 새끼 꼬기, 제기 만들기, 연 만들기 등을 가르쳐 주면서 소소한 추억 만들기를 같이 해 주셨던 정 많은 할아버지였다. 손주들이 모여드는 날이면 고향집 안마당 뜰에서 숯에 불을 붙이셨다. 화로에 숯불이 달아오르면 석쇠를 이용해서 노릇하게 고기를 굽고 채 썬 양파와 함께 할아버지의 사랑을 입에다 넣어주셨다. 셋째 손자 용빈이는 안평의 부릿골 저수지에서 할아버지에게 낚시를 배워 손맛을 단단히 깨달은 손자가 되기도 했다.

아버지가 저세상으로 아주 가실 때 손주들은 더 참담慘憺했을 것이다. 섬세한 정감을 주셨던 할아버지를 영원히 볼 수 없는 심정을 눈물로 표현했을 것이다. 틈만 나면 사랑방 아궁이에 땔 장작을 수북이 해 놓으셨다. 방학 때 손주들이 아궁이에 장작 불을 마음껏 때라고 그러셨다. 그 땔감의 이름을 '방학나무'라고 이름을 지어놓고 손주들을 기다렸던 할아버지였다.

떠나셨지만 아버님의 삶은 아직 완결完結되지 않았다. 이제 남아 있는 자식들의 삶의 모습에 따라 아버지 삶의 열매는 맺어질 것이다. 아버지의 따스한 감수성感受性과 어머니의 뜨거운 열정을 이어받아 차근차근 누累가 되지 않도록 삶의 벽돌을 쌓아가야지!

몇 해 전 아버지를 생각하며 써 놓았던 글이다.

우리 아버지

여든을 눈앞에 두시고

우일신又日新을 같이 하시며

나 홀로

시간을 쓰실 줄 아시는 아버지!

그 마음

그 지혜를 어디서 얻으셨는지를

그려 봅니다.

젊음이 있으실 제

따사한 춘풍春風과 함께

도회지 네온불의 유혹도 있었을 것이고

가을의 황량한 낙엽을 따라

도심의 아스팔트 길을 배회하고도

싶었겠지요?

부모와 고향

모든 것 버리시고

무거운 어깨 짐 다 내려놓으시고

훌쩍 떠나고 싶었을 것이라고

이 나이가 되니

이제사 짐작이 갑니다.

그러나

초심初心을 잃지 않으시고

모진 폭풍우의 시련을 물리치시고

인고의 시간을 소화하시며

평생을 고향 안평을 지키셨습니다.

지금은

연로하신지만

편하게 만날 수 있는 벗이 있고

잘 길들어진 바람이 있으며

눈 감고 찾아갈 수 있는 낚시터가 있고

해마다 기다려 주는 고사리밭이며,

둥굴레 미소가 반기니

이 얼마나 행복합니까!

아버지 삶의 교훈을

제 나이 이제 쉰이니

땀 흘려 뛰어가

20년 뒤에 따르고 싶습니다.

그리고

존경합니다.

우리 아버지!

- 2010. 5. 8. 어버이의 날 쓰다. -

아버지의 투병 1

아버지는 2015년 10월 15일 오전 10시경 고향집에서 참을 수 없는 가슴 통증痛症을 호소呼訴하면서 투병의 긴 터널로 들어섰다.

그날 옥죄이는 가슴을 움켜잡고 급히 택시를 불러 타고 의성읍 소재의 한길성 내과로 가시면서 자식들에게 연락을 했다.

곧이어 동생은 아버지를 서울 소재의 병원으로 모셔오기 위하여 승용차를 운전해서 서울에서 의성으로 출발했다. 서울에 있는 병원으로 모셔오기로 빨리 결정한 이유는 4~5년 전에 칠곡경북대학병원에서 혈관질환 진료를 받아 처방으로 약을 드시고 계셨기 때문이다.

주기적으로 병원에서 혈관관계를 확인해 보자는 의사의 처방을 간과했던 터이기도 했다. 또한 유전적으로도 혈관질환의 내력이 있기도 했다. 어렵게 아버지와 전화를 통화한 내용은 시골

의사 한길성은 위통증 정도로 소견을 내면서 안심을 시켰다고 했다. 검사기구가 열악한 시골병원의 처방處方의 정확도가 떨어지는 이유이기도 했다.

서울로 도착한 그 다음 날인 10월 16일, 서울 강남 세브란스병원 응급실을 통해서 입원을 하셨다. 가벼운 채뇨, 채혈 검사를 시작해서 X-ray, CT 검사 등 알 수 없는 여러 가지의 검사를 했다.

검사결과를 분석해서 내린 진단은 첫째, 심장과 신장콩팥 수치가 기준보다 많이 올라가 있다. 둘째, 복부흉부대동맥류 기준 지름이 2㎝인데, 7㎝로 확장이 되어 위험하다. 수술을 진행해야 하지만 심장질환과 신장기능이 떨어져 두 개 이상의 진료과 교수와 협의 중이라고 했다.

아버지의 체내 혈관계통은 심각한 상태로 현재까지 유지하는데 급급하였고, 크고 작은 통증을 참으면서, 선물로 받은 한약 공진단拱辰丹으로 통증을 잠재우는 선에서 유지되었던 게 사실이었다. 그날 밤 11시경 중환자실로 옮기면서 아침과 저녁으로 2회만 면회할 수 있도록 통제가 되었다. 그것도 한 번에 두 사람만 면회가 되어 자식들과 소통이 차단되었다. 면회를 통제하는 이유에는 병균의 감염을 차단하는 예방적인 조치도 있었으리라 생각이 된다.

중환자실에서 통제된 20분이라는 짧은 면회시간에 할아버지 병환에 대하여 걱정하고 우려하는 손녀에게 하신 말씀이 괜찮으니 걱정하지 마라, 너희 할머니 잔소리 안 들어서 좋다고 말씀하셨다.

어떻게 보면, 앞으로 닥쳐올 중병에 대한 위급함을 몰라서 여유로운 말씀을 하셨던 것인지, 다른 한편으로는 육신의 아픔보다도 아내의 잔소리를 비켜, 중환자실이 더 마음 편안했을 수도 있었겠다. 대다수의 환자들은 진료가 어떻게 진행이 되고, 담당 교수는 어떻게 판단하는지를 궁금해 하는데 비하여….

어머니와 아버지 역시 부부의 인연으로, 길고 긴 인생길을 같이 걸어오면서 쉽지만은 않았을 것이다. 부부가 함께하면서 어떨 때는 서로 이해하며, 동조하며, 애틋하였겠지만, 더 많은 시간은 갈등하며, 번민하는 것을 반복했을 것이다. 그래서 더 많은 부분은 듣기 싫어하는 말로 상처를 주었을 것이라고 추측해 본다.

심지어는 어머니가 시집와서 고생하신 모든 일들을 아버지의 잘못으로 돌렸을 것이고, 엄청난 어려움을 극복해서 해결을 했고, 그 어렵고, 힘겨운 길을 헤쳐 나오느라고 애쓴 억울함을 잔소리로 했을 것이다. 어머니의 목소리는 보통 크신 분이 아니다. 어머니의 갈색 눈동자로 노려보면서 잔소리를 했을 것이다. 어머니의 검은자위는 약간 갈색이시다.

아버지를 노려보며 갖가지 단어를 동원해서 몰아붙일 때는 아버지는 갈 곳이 없이 막막했을 것이다. 이 여자를 만나 행복하고, 고마우며 대견할 때도 많았지만, 이 여자가 아닌, 다른 여자를 만나 살았더라면 이렇게 듣기 싫은 잔소리도 듣지 않아도 될 텐데, 큰소리로 쉴 새 없이 다그치는 것을 당하지는 않았을 것인데, 피할 수 없는 막다른 길로 몰아넣지는 않았겠지 하고 한번쯤은 생각했으리라 짐작해 본다.

양가養家와 생가生家의 할아버지와 할머니 네 분을 봉양奉養하면서 그 분들에게 모든 생각과 의견을 맞추어야 했다. 특히 양가 할머니는 안동김씨 가문에서 배운 법도를 쉴 새 없이 요구하며 간여하였다. 그럴 때 곁에서 아버지가 슬쩍 도와드리면 힘도 적게 들거니와 정신적으로도 얼마나 위안이 되었겠는가! 공무원 생활을 하시면서 시간적으로 직장에 매여 있기도 했지만, 쉽게 어머니의 편에 서서 말 한마디 도와줄 수가 없었던 게 현실이었다. 마음속으로는 소소한 정감을 주면서, 짬짬이 어른들 몰래 무거운 부엌살림이라도 들어드렸으면 좋았겠지만, 사정은 그리 녹록하지가 않았을 것이다. 시골에서 대대로 내려오는 가부장적家父長的인 법도法度를 외면하고 층층시하層層侍下의 어른들의 눈을 피해서 어머니를 도와드리기는 한계가 있었을 것이다.

마음속으로는 도와드리고 싶은 뻔한 현실 앞에서 따스한 눈

길을 외면한 채 매몰차게 모르는 척 해야 되는 가정 분위기에 남편이기 이전에, 한 인간으로, 아버지도 갈등하셨으리라 믿는다. 받아들일 수 없는 눈앞의 사정이, 가슴 아픈 일이 되고, 두고두고 어머니의 잔소리 대상이 되었을 것이다.

누가 시키지 않았는데 자연스런 며느리의 몫으로 집안에서 밥 하시고, 자식을 키우고, 증조할머니와 시어른들까지의 봉양은 어머니의 몫으로 배분配分되었으리라. 자식들은 커가고 들판에서 일거리와 심지어는 땔나무까지 책임지지 않으면 안 될 일들은 산적山積하고, 그러한 일들이 모여, 감당堪當하기 힘든 태산만큼의 가정사를 해결하면서, 퇴근해서 피곤해하는 아버지에게 잔소리로 일관一貫하셨겠지? 불편한 심기를 끝없는 잔소리로 속내를 들어 내었을 것이다. 바가지가 뭔가? 아름다운 소리인가? 사랑을 주고 기운을 주는 말인가?

아버지가 간혹 복용하셨던 한약 공진단拱辰丹은 원나라 때 명의인 위역림이 황제에게 진상해 올린 보약이라고 한다. 우리나라 동의보감에 음양기陰陽氣가 부족한 양허증兩虛證에 쓰이는 약제로 허로虛勞를 다스리는 처방으로 기록이 되어 있다.

사향, 녹용, 당귀, 산수유를 재료로 만들며, 사향이 바로 막힌 기운을 열어주는 약제라고 한다. 혈액이 전신에 전달이 잘 안 되어 몸 기능의 감퇴와 노폐물이 쌓이고, 근육의 피로는 육체적 및 정신적 피로로 퍼져, 집중력이 떨어지는 경우 효능이 있으며, 심장을 튼튼하게 도움을 주는 약이라고 한다.

서울 종로6가 덕성한의원 이상호 원장님이 보내준 약이다. 이 원장님의 아들과의 인연으로 2000년부터 16년 넘게 잊지 않고 명절 때만 되면 부모님께 어긋남이 없이 보내주셨다. 몇 번을 찾아뵙고 사양辭讓을 했지만…. 인생을 먼저 살아오신 선배로서, 인간관계의 소중함을 보여 주서서 가슴으로 배우고 있다.

아버지의 가슴이 옥죄이는 통증의 원인은 고혈압으로 인한 관상동맥질환이었다. 혈관의 곳곳이 막혀 혈액의 공급이 원활하지 않았으며, 만성신부전증慢性腎不全症으로 콩팥 기능이 10%밖에 발휘할 수 없었다. 복부대동맥腹部大動脈이 확장이 되어 기준 혈관의 지름이 2㎝인데 7㎝로, 5㎝가 커져서 파열破裂될 수 있는 가능성이 30~40%라고 담당의사가 진단을 했다.

서울 강남 세브란스병원에서는 아버지의 건강을 위협하는 순번에 따라 담당 교수가 지정이 되었다. 첫 번째 통증의 원인이 되었던 심장내과에서는 이병권 교수가 담당 의사가 되었다. 두 번째는 10% 기능밖에 남아 있지 않은 콩팥을 담당하는 신장내과의 박형천 교수가, 어느 정도 치료를 해서 체력의 뒷받침이 되면, 확장이 되어 있는 복부대동맥을 수술하게 될 심장혈관외과의 송석원 교수가 담당 의사로 배정이 되었다.

아버지는 작고作故하시기까지 8개월의 병원생활 중에 크게 7~8번의 수술 및 시술을 받으셨다. 첫 번째는 관상동맥질환을 해소하기 위한 스텐트도관 삽입술이었다. 두 번째는 매주 2회씩 진행되는 혈액투석을 하기 위해서 혈액투석관 시술을 하셨다. 혈액투석관 시술 후 2개월 이상이 경과가 되면 반영구적인 동정맥류動靜脈瘤를 피부 속 조직에 생성시켜 혈액투석 시 혈관의 통로로 사용하는 것이다. 세 번째는 원활한 혈액순환과 혈액투석으로 아버지의 체력이 어느 정도 지탱이 되면 파열 가능성이 있는 복부대동맥腹部大動脈을 인조혈관으로 교체하는 수술을 진행한다는 것이다. 혈액투석관은 임시관을 포함해서 3회 시술을 했다.

수술과 시술의 차이는, 사전에서 수술operation은 신체의 일부분을 개방하여서 손상된 부위를 들추어내거나 수선하는 과정이라고 되어 있는데, 시술procedure도 내과적 수술medical operation이라고 풀이하고 있다. 즉, 시술도 수술과는 별반 다르지 않고 당초의 취지대로 덜 외과적이라고 풀이하고 있다. 보험사保險社의 보상 관련상 용어에서는 수술이란 피부, 기타의 조직을 외과 기구로 절단, 절개, 봉합하여 병을 낫게 하는 구체적인 외과적 의료행위라고 정의하며, 시술은 수술보다는 좀 더 넓은 의미로 의료상 치료행위를 망라하는 것으로 침술로 치료하는 것도 시술이라고 정의하고 있다.

서울 보라매병원의 정우영 교수의 글에서는 수술과 시술을 이렇게 구분했다. 오래전 이렇다 할 만한 수술기법도 별로 없던 시절에는, 몸에 조금 상처를 내는 작은 조작도 모두 수술로 불러 시술과 구분도 없이 쓰였다. 그러다가 마취기법의 향상, 항생제 발명 등으로 조금 더 과감한 개복, 개심 수술, 절단 등의 수술이 시작되면서 이보다 작은 조작들을 구별해 시술로 부르지 않았을까 하고 추측이 된다고 했다. 사전적 의미와 전문의학 교수의 의견을 종합해 볼 때 시술은 덜 외과적이며, 환자들의 통증을 완화하고, 치료 후에도 빠르게 회복이 가능한 내과적으로 접근을 하는 의료행위라는 것이다.

2015년 10월 19일 오전 11시경 아버지의 가슴 통증의 원인이 되었던 관상동맥질환을 시술을 하였다. 시술의 이름은 스텐트 도관 삽입술이라고 했다. 혈관 중에 굵기가 좁아진 부분까지 혈관을 통해서 확장하는 도관導管을 이동시켜 넣어 줌으로써 정상적인 혈관의 굵기를 유지하고, 그렇게 함으로써 체내에 혈액을 원활하게 공급하는 시술이다.

스텐트도관 삽입술은 심장내과 이병권 교수에 의해서 2곳이 시술 되었다. 최초 5곳 이상을 시술하려했지만, 아버지가 통증을 이겨내기가 어려워 위급한 곳 2곳을 먼저 시술하였다. 우리가 알고 있는 상식으로 스텐트도관 삽입술은 참을 만한 통증으로 알고 있었는데 만성적 혈관질환을 앓고 계셨던 아버지는 인내하는 데 한계가 온 것 같았다.

첫 번째 시술 후 병실로 오신 아버지는 몸서리친다. 병원도 못 믿고, 자식도 못 믿는다고 하셨다. 수술실에 들어가기 전에 자식들이 간단한 시술로 통증도 크지 않으며, 시간도 오래 걸리지 않는다고 사전에 말씀을 드렸으니….

그리고 어디서 귀동냥을 하셨는지, 강남세브란스병원이 대단한 재단이라고 말씀을 하시며 병원 자체의 치료행위에 대해서는 신뢰감을 갖는 듯하셨다. 첫 번째 시술 후에 산소호흡기를 착용하시고, 틀니까지 제거되셨으니 발음이 부정확하셨다. 대화를 하려면 몇 번 되풀이해서 물어보는 경우가 다반사茶飯事였다. 그만큼 아버지와 가족들의 대화도 자유스러움에서 비켜서 버렸다.

2015년 10월 22일경, 첫 시술 후 3일 지났을 무렵이다. 아버지에게 사위인 자형姊兄 허규許圭를 보고 싶은지를 여쭈었다. 얼굴도 보고 싶고 궁금한 것도 많지만, 대구에서 승용차로 올라와야 하는 교통의 번거로움과 서울에서 잠자리며, 불편함을 생각하면 어찌 보고 싶다고 이야기할 수 있겠냐고 말씀하셨다. 인생을 살아오신 연세에 걸맞게 한없이 녹여 생각하시는 아버지의 인품을 엿볼 수 있는 대목이었다. 아버지는 병원식사를 마치시면

식당의 건의서 메모지에 꼭 감사의 글을 써 주시면서 빈 그릇 여백에 올려놓으라고 하셨다. 그 글은 '고맙습니다. 감사히 잘 먹었습니다'라고 쓰셨다.

아들의 입장이 아니라 한 인간으로서 아버지의 인품은 배워야 할 부분이 많은 분이다.

2015년 10월 26일, 서울 강남 세브란스병원에 입원 열흘째 되는 날, 고향 의성 안평 윗양지에 사시는 임종식 님이 어머니에게 전화를 하셨다. 긴사리밭에서 쳐다보면 고향집 대문이 닫혀있어 아버지가 서울병원에 입원하신 모습이 떠올라 굉장히 마음이 울적하다고…. 전화 내용을 아버지께 전하니, 흐느끼시며 슬프게 우셨다. 주변에 있던 자식들과 어머니도 같이 울었다. 갑자기 아버지의 병상은 눈물의 바다가 되었다. 울음을 멈춘 뒤에 연유緣由를 물어보니 그냥 많이 슬펐다고 하셨다. 아버지 스스로도 본인의 운명殞命을 예측하셨을까?

회진을 다녀간 이병권 교수께서, 콩팥의 기능이 좋지 않아서 심장내과心臟內科에서 신장내과腎臟內科로 진료과를 변경하기 위하여 협의 중에 있다고 했다. 여태까지는 복부대동맥확장증腹部大動脈擴張症이 더 위중하다는 판단을 했는데, 3개 파트의 담당 교수들이 각종 검사자료와 의학적인 전문지식으로 판단할 때 아버지의 다음 치료는 콩팥에 대한 진료라고 판단했다.

스텐트도관 삽입술 후에 우측 팔에 피멍이 들고 붓기가 심해서 팔을 높여 매달아 놓고 계셨다. 그렇게 편찮고 힘든 가운데 또 어머니의 흉을 보신다. 너희 어머니는 나를 평생토록 꼬장꼬장하게 쳐다보고 잔소리했다. 한 가정에서 남편으로 사시면서 가정의 화목을 위해 아내의 잔소리를 참아내는 애를 많이 쓰셨던 것 같다. 그렇지 않고서야 시술 후에, 참을 수 없을 정도의 통증 속에서 어머니의 잔소리하심을 원망怨望하셨을까….

한번은 병실에서 아버지에게 내가 물었다. 어머니도 사람이니 많은 단점 중에 한 가지만 말하시면 뭐가 있는지요?

아버지가 짧게 답을 하셨다. '목소리가 큰 것과 잔소리하는 것이다' 이어서 어머니 장점이 뭔지를 아버지께 물었다. '정확한 판단력을 가진 사람이다. 너희들 어머니는…'라고 말씀하셨다.

어머니가 아버지에게 듣기가 싫을 정도로 잔소리를 많이 하셨던 것은 분명하다. 아버지도 들으시고, 자식들도 옆에서 들었으니까! 60년 세월을 같이 살아오시면서 아버지도 판단하지 못하는 미래의 불투명한 결정을 내려, 저돌적猪突的으로 밀고 나가셨고, 그 결정이 모두가 성공적인 결과를 안겨주었던 것도 사실인 것 같다.

부모님의 자식으로 아버지가 말씀하신 어머니의 평가를 생각해 봤다. 우연의 일치이지만 서로 다른 각각 한가지의 장단점이 연관성聯關性이 있는 것을 알 수 있었다. 사람관계에서 생길 수 있는 연관성, 특히 부부관계로 살아오시면서 얽혀지는 삶의 한 과정이라는 것을 알 수 있었다.

아버지조차도 결정 내릴 수 없는 불확실한 일들을 과감하게 결정을 하고, 결정된 목표를 달성하기 위해 부부가 힘을 합쳐야 된다고 요구하고 또한 의기투합意氣投合도 했다. 81세의 연세로 만신창이가 된 육신으로 병상에 누워 되돌아봤을 때, 아내의 판단이 모두 맞는 결정임에 높이평가를 하셨다면, 어머니의 많았던 잔소리는 당연하였다고 생각이 되었다.

아버지가 어머니를 평가한 정확한 판단력이란 무엇일까?

성공률이 100%를 가지고 유추類推해 보자. 100%가 너무 과過하다고 생각이 되면, 90% 이상되는 성공률로 바꾸어 생각해 보자. 가령 농사꾼 혼자 100포기의 고추 모종을 심어서 90포기 이상이 잘 자라 붉은 고추가 생산되었다면 90% 성공률이 된 것이다.

병충해와 가뭄과 우기철 태풍도 잘 극복을 해서 수확기에 최상의 붉고 멋스러운 고추를 수확하는 것과 비슷할 것이다. 때마침 기상의 이변임에도 유독 우리 집의 농사만 잘되었고, 다른 이웃집은 흉작이 되어 고춧가루 가격이 폭등이 되었을 경우라면 100% 이상의 결과일 거라고 생각이 된다. 이렇게 이루기까지 농사꾼은 밤잠을 자지 않고 농사일에만 몰두沒頭를 하였을 것이고, 할 수 있는 모든 노력을 경주했을 것이다.

그런데 혼자가 아니라 부부가 고추농사를 지었다고 생각해 보자. 남편은 오이와 고추를 놓고 가늠할 때, 아내는 여러 가지 결과를 비교하면서 고추농사가 돈 벌이가 낫다고 우격다짐으로 주장을 펼치고 결정된 고추를 심었고 농사도 대풍이었으며, 가격도 흡족하게 형성이 되었다. 그 고추농사를 짓는 과정에서 아내의 생각과 남편의 생각이 다르면 기어이 아내의 의견대로 이끌어내었다. 심한 잔소리와 고함으로….

그 고추농사를 지으면서 지나 온 과정을 우리 부모님의 삶에 비유한다면, 양가兩家 부모님의 봉양奉養이 될 수도 있고, 사남매 자식들의 성장과 교육, 결혼 문제일 수도 있고, 가계의 재산증식이 될 수도 있으며, 친인척의 경조사, 심지어는 시골 동네에서 살아가는 인심일 수도 있었으리라.

판단해서 결정하신 사항들이 긴 시간이 흐른 뒤에 성공적인 결과를 가져왔다고 하면, 그 결과를 이루어내기 위해서 많은 정성과 할 수 있는 모든 노력을 동원했을 것이다. 그렇다고 보면 같은 목표를 가지고 사는 부부가 한집에서 사는 데 물 흘러가는 대로 둬서 목표를 이룰 수 있겠는가! 어머니 스스로도 선도적인 노력도 하겠지만, 남편인 아버지를 독려督勵하기 위해서 줄기차게 노력하였으리라, 잔소리로, 그리고 큰 목소리로….

그렇지 않고야 위중危重한 생명을 앞둔 시점의 아버지가 어머니의 판단력을 높이 평가할 수가 없지 않은가! 장단점을 서로 보완하며 살아가는 게 부부관계로 보았을 때, 어머니가 아버지를 보완하는 방법을 달리했으면 좋았을 텐데, 아쉬움은 있다. 조곤조곤 설명을 해서 이끌어 가셨으면 좋았을 텐데, 그러하지 못하고 잔소리를 하시면서 짜증을 내시면서, 고함을 치셨으니….

지난 시간이지만, 아버지는 큰 병치레가 없으실 것으로 생각했다. 늘 건강하게 우리 사남매를 지켜주실 것으로 믿었다. 아니 강 건너 불구경하듯이 아버지에 대해서 깊이 생각하지 않았다는 게 더 정확할 수도 있다. 병원 응급실을 통해서 입원하실 것을 상상조차 해 보지 않았다. 자식으로 해야 할 일 등에 대하여 깊이 생각해 본 것이 없었던 것이 사실이다. 자식으로서 부모님 간병看病은 남의 집에서나 생길 수 있는 막연漠然함으로 대수롭지 않게 생각했던 것이다. 우리들에게는 영영 피해가는 일…. 기껏 생각하고 들어 본 것이 격언 하나, 긴 병에 효자 없다 정도가 전부였다.

처음 서울 강남 세브란스병원의 응급실에 2일간 계실 때 단초로운 의자에 몸을 기댄 채 밤을 새워 간병을 했다. 밤과 새벽 시간에 불규칙적으로 의사와 간호사가 회진을 했다. 아버지 몸의 변화에 대한 질문에 대응을 하고, 여의치 않은 자식들은 잠시 눈을 붙이고 다음 날 아침에 각자 일터로 갔다. 아버지의 병원 치료가 길어지고, 1차 시술 후에는 아들 3형제 부부와 손자손녀까지 개인 일정을 조정해도 간병하는데 소요되는 시간과 체력은 부족했다. 그렇게 약 2주간을 지탱支撐하다가 할 수 없이 전문 간병인을 채용하기로 했다. 병원생활은 모든 게 낯설고 처음 닥치는 일들로 채워졌다.

군대생활에서 인연이 된 전우戰友 신상철 님께 전화를 했다. 본인의 아버지는 엄격嚴格하셔서 무서웠다고 했다. 겁에 질려 말도 못 붙였다고 했다. 그런데 돌아가신 지 한참이 되었지만 문득 보고 싶을 때가 있더라고 했다. 그러면서 간병을 잘 해드려 후회하는 일을 줄일 수 있는 자식이 되라고 충고忠告를 해 준다. 또한 아버지께 문병을 못 와서 죄송하다는 말도 덧붙인다. 바른 말 한마디를 해 주는 사람이 주변에 있다는 게 나 스스로에게도 뿌듯함을 더 해준다. 신상철 님은 의성 안평 고향집에도 서너 번 다녀갔었다.

신장내과로 진료분야가 변경이 되면서 담당의사는 박형천 교수로 바뀌었다. 아버지는 콩팥 기능이 떨어져 혈액투석을 해야 한다. 혈액투석을 하려면 혈액투석관 시술을 선행되어야 한다. 가슴 부분에 약 2시간 정도 시술을 했다. 잘 견뎌 주셨다. 향후

6개월간 사용을 하시고, 반영구적인 혈관을 오른쪽 팔에 별도로 시술을 해서 인조혈관을 심어야 한다.

한번은 의사의 회진 내용을 메모지에 받아 적는 나를 병실복도로 불러냈다. 그리고 아주 조심스럽게 말했다. 아버지는 만성신부전증慢性腎不全症으로 콩팥 기능이 많이 상실되어 6개월 정도밖에 생존할 수 없다고 했다.

암담暗澹했다. 그냥 눈물이 났다. 남매들에게 알렸다. 침착하게 대처하자는 의견으로 모아졌다. 강남 세브란스병원 인접의 매봉터널을 울면서 걸어 나왔다.

매봉터널은 종종 사람들을 울린다. 울면서 걸어 나오는 사람들을 볼 수가 있다. 불과 얼마 전의 나의 모습처럼.

매봉터널의 눈물

나도 울었던 그 자리에서
그녀도 운다.

매봉터널을 빠져나와
쭉 이어지게 걸으면서
꺼이꺼이 운다.

선글라스 너머에 감춰진 속내는 잘 모르지만

남의 이목과 교양은 그다음에 챙겨야 할 몫으로 만들고

꺼이꺼이 운다.

사랑해야 할 사람이 췌장암 말기일까?

강남 세브란스병원은

매봉터널을 울리고 있다.

꺼이꺼이…

슬픔을 모르는

승용차는 질주하고

울며 스친 그녀를 따라

나도 따라서 울어진다.

매봉터널 앞에서…

- 2015. 11. 13. -

혈액투석을 해야 하는 이유는 고혈압, 당뇨병 등으로 콩팥 기능이 나빠져서 제 기능을 못하게 되면, 소변으로 빠져나가야 할 노폐물이 우리 몸에 쌓이게 된다. 이렇게 되면 기운이 없어 피곤하고, 밥맛이 없어지기도 한다. 상처가 잘 낫지 않으며, 지혈이 잘 안 된다. 따라서 콩팥 대신에 기계를 통해서 투석막으로 혈액을 거른 후, 깨끗해진 피를 다시 몸 안으로 돌려보내는 치료 방법이 혈액투석이다.

혈액투석을 준비할 때는 먼저 혈액투석관을 만들어야 한다. 몸의 피와 투석기의 피를 연결해 주는 역할을 한다. 혈액투석을 하려면 짧은 시간에 많은 양의 피가 몸에서 빠져나갔다가 혈액투석기血液透析機를 거쳐 다시 몸속으로 들어올 수 있어야 한다. 보통 피검사를 할 때 주삿바늘로 찌르는 정맥靜脈은 압력이 낮아서 충분한 혈류를 확보할 수 없으며, 반면에 동맥動脈은 압력은 충분하지만, 근육 깊숙이 있어 투석할 때마다 동맥을 찌르기도 어렵다. 그리고 지혈을 오래 해야 하는 등의 문제가 있다. 따라서 가장 좋은 혈액투석관은 동정맥류動靜脈瘤이며, 팔의 동맥과 정맥을 연결해 놓는 수술을 하면, 정맥이 동맥의 압력을 바로 받으면서 혈관벽도 두꺼워지고 혈류도 빨라져 혈액투석이 가능해진다. 아버지도 그 시술을 하신 것이다.

용변이 급하시다는 아버지를 휠체어에 태워 화장실을 다녀왔다. 몸의 기능이 떨어져 빨리 조치하지 않으면 옷에다 지릴 수 있다. 시술을 하신 후 얼마 지나지 않아서 체력도 약하시고, 내변 후 신속하고 청결하게 닦아드려야 한다. 서 계시는 힘도 없기 때문이다. 긴장되고 신경이 쓰였다. 화장실을 다녀와서 아버지에게 용을 썼더니 목이 마른다고 말씀드렸다. 아버지께서 할아버지가 편찮으실 때, 겨울철이라 안평 사급들 보洑 안에 얼음을 깨어 속옷을 빨아 냇가 둑에 널어놓고 출근을 했는데, 너가 그 대물림을 하고 있다고 말씀하시면서 애쓴다고 하셨다. 아버지가 작고作故하시니 모시고 화장실도 갈 일도 없을뿐더러 대화조차 나눌 기회가 사라져 허무할 뿐이다.

퇴근 후 저녁때 병원에 갔다. 고향동네의 재종숙再從叔인 보혁 님이 병문안을 와서, 아버지께 "빨리 퇴원하셔서 작은집 할머니와 이야기를 나누셔야지요"라고 말을 하는데 슬퍼서 많이 울었다고 하셨다. 이때가 2015년 11월 10일 경으로 입원 1개월이 되어 병원생활에 싫증도 나고, 체력적으로도 약해져 많이 힘이 드셨으리라 생각이 되었다.

어느 날 문득 아버지가 이 세상을 사시면서 무엇이 가장 후회스럽냐고 물어보니, 첫째는 종교를 선택하지 않았던 것이고, 둘째는 운전면허를 따지 못한 것인데, 그 이유는 할머니가 시도 때도 없이 굿을 하시고 점占 보는데 식겁食怯을 해서 종교를 멀리했으며, 운전면허를 못 딴 이유는 너 누나가 반대했기 때문이었다. 아버지가 차를 운전해서 도로를 나가시면 자식들이 잠 못이룬다고 극구極口반대를 해서 관두었는데 지금 많이 후회가 된다. 삶을 뒤돌아보면 후회되는 것이 많은데 두 가지만 말씀하셨던 단조로우신 아버지였다.

요사이는 재력이, 명예나 학위보다 우선시하는 경향이 간혹 있다. 돈이 다른 것보다 첫 번째로 여기는 경우를 말한다. 병원에서 고령의 부모가 편찮으시면 자식들의 간병 정도에 따라 부모 재산 척도를 가늠하는 풍속이 간혹 있다. 어느 날 간병인이 동생에게 이런 이야기를 꺼냈다. 병실 내에서 회자膾炙되기를, 우리 형제들이 정성껏 아버지 병간호하고 있으니 주변에서 아주 돈이 많은 시골 할아버지라고 쑥덕거린다고 했다. 유산분배 때문에…. 아버지가 부자인 것은 맞다. 4부자父子, 아버지에 아들이 셋인, 4부자….

오른팔에 혈액투석관 시술을 하시고는 퇴원을 거론하였다. 이원移院을 해서 혈액투석의 연고지 병원으로 경북대학병원이 적절하겠다는 판단을 했다. 고향집에서 가깝기도 하고, 의료진도 믿을 수 있으며, 대구에 누나가 살고 있기 때문이었다. 아버지가 서울 세브란스병원에서 그렇게 넘고 싶어 하시던 경부고속도로의 추풍령 고갯길을 비켜서 퇴원하는 길을 선택했다. 거리가 단축된 평택-제천 간 고속도로를 이용해서 고향 의성 안평으로 잠시 퇴원을 하셨다 복부대동맥확장증腹部大動脈擴張症은 체력이 향상이 되면 그때 다시 수술을 하기로 하고….

신장계통의 환자는 혈액에 미치는 영향 때문에 먹으면 안 되는 음식이 많다. 의사의 소견으로 복숭아 통조림은 반쪽은 드서도 된다고 했다. 안동 일직의 마트에서 황도 통조림을 구입한 후에 운산을 거쳐 고향집 안평으로 산길을 넘어 갔다. 형님과 나, 형제가 아버지를 모시고 갔다.

아버지가 혼인하시러 어머니를 처음 만나러 갔던 길, 처가 안동 와룡을 가려면 꼭 거쳐야 되는 길, 평팔을 거쳐 두역으로 창길을 거쳐 그렇게 그렇게 불완전한 몸으로 고향집으로 가시고 계셨다. 이 길이 아버지 살아생전 마지막 길인지 모르시고… 말없이 먼 고향집으로 가시고 계셨다.

그날이 2015년 11월 11일이었다.

추풍령 고개

바람을 목에 걸고

햇살을 어깨에 지고

아버지가

그렇게 넘고 싶었던

염원念願의 고개

아내와

딸과 아들이 함께 떠들며

경부고속도로를 타고 내려가다

콧구멍에 와 닿는 다른 냄새로

창문을 내려 심호흡하고 싶은

호서湖西와 영남嶺南을 가르는

산봉우리

서울 강남의 세브란스병원에서

주렁주렁 매단

이름 모를 투명액체의 관을 떼 낸 후

추풍령의 묘함산 허리 길을 돌아

남으로 남쪽으로 고향 안평安平으로

아버지와 함께

힘차게 걷고 싶은 고갯길

그 추풍령.

- 2015. 12. 3. -

아버지의 투병 2

2015년 11월 11일 아버지는 서울 강남 세브란스병원을 잠시 퇴원하셨다.

고향 의성 안평 집에서 하룻밤을 쉬시고 대구 삼덕동 경북대병원에서 주週 2회씩 외래진료外來診療로 혈액투석과 치료를 같이하셨다.

그러다가 열흘 뒤에는 다시 칠곡경북대병원으로 이원移院을 하셨다. 병원을 옮긴 이유는 혈액투석실의 환자과밀患者過密이 첫 번째이며, 다음 이유는 고향집에서 좀 더 가까웠기 때문이었다. 2010년 신설이 된 병원이어서 의료장비나 시스템이 첨단화되어, 아버지 진료에 좀 더 도움이 될 것 같았다. 진료를 위해 이동해야 하는 편도거리가 15㎞, 시간은 약 25분 단축이 되어, 몸이 불편하신 아버지가 승용차에 앉아 계시는 시간이 왕복 50분이

절감되어 피로를 덜 느끼셨으리라 싶다.

그렇게 고향집으로 오셔서 대구 경북대병원 및 칠곡경북대병원을 통원通院하며 혈액투석 및 혈관계통 치료를 약 3개월 하셨다. 그러다가 2016년 2월 초 혈변血便과 고열로 2차로 서울 강남 세브란스병원 응급실로 입원을 하시게 되었다. 세브란스병원 2차 입원은 설 명절을 5일 앞두었기 때문에 설 쇠기를 포기하고 아버지에게만 간병하기로 했다. 어느 가정이라도 마찬가지겠지만 환자가 생기면 간병에만 집중해야 하기 때문에 다른 가족들의 사생활은 무시되기 십상이다. 또 당연히 그렇게 되어야 하고…. 재입원하신 날은 2016년 2월 3일이었다.

3개월간 칠곡경북대병원에서 주 2회 혈액투석을 하시는데 전담 간병은 누나의 몫이 되었다. 가까이 대구에 살고 있는 누나가 스스로 부담을 안기로 자청自請해 줬다. 아들 3형제는 모두 서울에서 사업 및 직장생활을 하니, 아버지를 위해서 생업을 포기할 수도 없는 형편이었다. 아버지가 작고作故하셨지만 누나와 자형姊兄에게 진정으로 고마웠으며, 죄송한 마음이 앞선다. 가까이 살고 있다는 이유만으로 아들들을 대신해서 대소변까지 처리해 줬으니….

아버지는 2016년 6월 16일 작고作故하셨다.

고향집에서 경북대병원까지는 승용차로 1시간 넘게 걸리는 거리이다.

몸이 불편한 아버지가 승용차에 타고 계시니 더 주의를 해서 운전을 해야 하는 것은 두말할 필요가 없다. 병원 혈액투석을 하러 가시는 날은 혈액투석 시간을 역산逆算해서, 대구에서 고향집 의성 안평으로 출발을 한다. 고향집에 도착하면 다시 몸이 불편하신 아버지를 승용차로 태워, 후사경後寫鏡으로 찬찬히 모습을 살펴가며 칠곡경북대병원까지 모신다.

병원에 도착하면, 휠체어에 태워서 혈액투석실 병상까지 모셔가고 투석실에 접수하고, 투석하는 동안 4시간을 기다린 후 진료비 정산 등이 끝나면 고향집 의성 안평까지 모셔가서 안방에 누이시게 하고….

3개월 동안 약 30일간을 아버지를 위해 애를 쓴 사람이 누나와 자형姊兄 허규許圭이었다. 겨울철에는 해가 빨리 떨어져 쉬 어둠이 온다. 눈이 내릴 경우는 도로가 빙판이어서 더 주의를 기울여 운전을 해야 한다. 여러 가지 안전문제도 있고, 여자 혼자로 어려운 문제를 극복해야 하는 경우도 자주 있었다.

그래서 혈액투석이 끝나고 고향집으로 복귀할 때는 자형姊兄이 동행을 해 주었다. 같은 자식으로서 고향 근처 대구에 살고 있다는 이유만으로 당연시되고 말았다. 누나는 혈액투석 하는 날은 아무것도 못하고 아버지와 병원에 얽매이는 현실이 되었다. 주週에 2번이라고 해도 연속성이 있어서 생활의 전부를 아버지의 간병에 전념하는 모양새가 되었다. 사생활은 완전히 무시가 되고…

어떤 날은 폭설暴雪로 감히 엄두를 낼 수 없을 정도였다. 병원의 혈액투석은 예약이 되어 있고, 혈액투석을 안 하시면 아버지가 건강을 쉬 잃을 수도 있고, 택시를 불러 타시고 혈액투석을 할 때도 몇 번 있었다.

그렇게 우여곡절迂餘曲折을 겪으면서 극진한 애를 썼지만 혈액투석을 위해 시술했던 혈액투석관 쪽으로 감염이 되어 혈변血便과 고열이 발생하여 다시 서울병원으로 입원하게 되었다.

아버지는 스텐트도관 삽입술 시술 2곳과 혈액투석 시 사용하게 될 혈액투석관 시술을 2번 받았다. 처음의 혈액투석관은 가슴 부위로 약 6개월 정도 임시로 사용을 하며, 오른팔의 혈액투석관은 반영구용으로 혈액투석 시에 사용하게 된다. 반영구용 혈액투석관은 인조혈관을 삽입하면 근육 속에서 약 2개월 뒤 서로 붙어 고착固着이 되면 사용하게 되는데 아직 미숙하여 임시용 혈액투석관를 사용하다가 감염이 되어 문세가 불거진 것이었다.

장애를 가진 환자나 노인성질환자는 장기요양등급과 장애등급을 관련 법규에 의해서 판정을 받을 수 있고, 판정결과에 따라 혜택을 받을 수 있도록 법제화되어 있다. 아버지는 2016년 1월 15일에 장기요양등급 3등급으로 결정이 되고 인증서를 받았다. 신장장애인 2급은 2016년 4월 5일 판정을 받아 복지카드도 발급을 받았다. 아버지는 2가지 등급 모두 인정받았으나, 작고作故하실 때까지 병원에만 계셔서 법 테두리에서 주어지는 수혜는 아무것도 받지 못했다.

그러는 와중에 형님과 동생은 사업과 관련하여 사전에 약속된 해외출장을 맞닥뜨렸다. 우즈베키스탄과 베트남이었다. 출발하는 게 맞는지, 취소를 해야 하는지, 갈등을 하다가 어쩔 수 없이 다녀왔다. 막상 해외출장을 위하여 비행기에 올랐지만 병상의 아버지를 생각하면 가시방석같이 불안했으리라 생각이 된다.

아버지는 병환으로 통증에 시달리며 생명이 위중한데, 한편에는 자식들이 먹고 사는 현실적인 생계문제가 버티고 있었다. 기업의 대표로서 영업활동을 통해 일자리를 창출하고 일의 대가를 받아 직원들의 급료給料와 기타 운영비용을 지불해야 하는 것은 당연했다. 그렇게 함으로써 사업체를 영속적으로 유지하는 현실적인 문제에 직면하게 된다. 그래서 옛 어른들이 중요시했던 다산多産에 공감하게 된 계기도 되었다. 자식들이 많으면 바쁜 시간을 배분해서 길게 길게 탄력적彈力的으로 교대할 수 있어 좋았을 텐데!

강한 자가 살아남는 게 아니라 끝까지 살아남는 자가 강한 자라는 말처럼….

서울 강남 세브란스병원에서 2015년 11월 11일 1차로 퇴원하신 후에 아버지는 고향집에서 어머니의 간병을 받았다. 시골의 산야에서 뿜어내는 맑은 공기로 호흡하시면서 안정을 찾으셨다. 혼자 화장실도 가서서 대소변도 해결을 하셨다. 물론 누워서 일어설 때에 자연스럽지는 못하였다. 밥도 반 공기 정도로 드시고, 밤새 많이 가실 때는 화장실을 세 번씩이나 다녀오셨다. 곤히 주무시는 어머니를 깨우지 않으시고 혼자 다니셨다. 고향집 대문의 높은 턱도 쉽지는 않지만 넘어서 다니시고, 아버지 혼자서 세면장에서 면도를 하시고…. 그야말로 일취월장日就月將하셨다.

억센 어머니의 강권強勸에 못 이겨서 싸워가며 사급들길을 운동도 하셨다. 고향집에서 냇가까지 반 정도의 거리이니 100m 정도를 혼자 걸으셨다. 걷다가 힘이 든다고 거절하셨다고 한다. 그래서 재활운동再活運動이란 참 어려운 것을 알게 되었다. 주저앉고 싶고, 눕고 싶어도 정신력으로 극복하고 이겨 내야 하는데, 여든의 연세에 여러 번의 시술로 많은 체력이 소모가 되었고, 설상가상雪上加霜으로 의지意志마저 잃어가고 계셨으니…. 그래도 아버지가 정신이 있으실 때 자식들의 성격을 평가하셨다고 한다. 누나와 동생은 못됐고, 쌀쌀맞으며, 형님은 어질고 넉넉하며, 나는 은근하고 다정하다고 했다. 자식들의 특성을 말씀하시는 것도 이젠 먼 나라의 이야기가 되었으니 삶이란 참 허무하다는 생각이 든다.

몇 해 전에 고향집 뒷마루 터에, 수세식 화장실을 수리해서 들여놓았다. 몸이 불편하신 아버지에게 좋은 선물이 되었다고 어머니가 높이 평가를 하셨다. 공사했던 시기가 적절했다고…. 그렇지 않았다면 방에서 마루를 거쳐 계단을 내려와서 마당 구석에 있는 재래식 화장실로 가야 하니 어찌 보면 아버지의 건강으로는 감당할 수 없는 무용지물無用之物이었을 것이다.

아버지의 재활도 진척이 있어 그 서광曙光으로 앞으로 5년 이상은 더 아버지의 얼굴을 뵐 수 있겠구나를 염원하게 된다. 어머니와 아버지 두 분이 손을 잡으시고 버스를 타고 병원에 가시는 희망을 가지게 된다. 자식된 마음으로 정성을 모으는 시간이 많아져 간다. 누나의 간병 지원을 받지 않으면서 두 분 스스로의 힘으로 병원을 갈 수 있도록 간절하게 희망해 본다, 사남매는.

2016년 2월 1일 칠곡경북대병원에 다시 입원하셨다. 혈액투석의 주사 등으로 감염이 되었다. 패혈증敗血症으로 혈변血便도 보셨다. 패혈증敗血症은 고열과 오한이 나고 몸이 허약해지며, 혈압이 떨어지는 것으로 신호가 왔다. 패혈증을 일으키는 세균은 면역반응을 일으키고 혈액을 엉기게 하는 독성 물질을 만들어낸다.

패혈증은 여러 종류의 세균 감염으로 일어날 수 있으므로 광범위한 항생제 요법이 필요하며, 만일 적절한 항생제 투여 등 치료를 빨리하지 않으면 치사율致死率이 50%가 넘는 패혈성 쇼크shock를 일으킨다. 그러면서 다시 서울 강남 세브란스병원으로 이원移院을 권유했다.

2016년 2월 3일, 다시 서울 강남 세브란스병원 응급실로 입원을 하셨다. 5일 뒤, 2월 8일 설 명절이었다. 형님은 또 우즈베키스탄 출장이 계획이 되어 있다. 간병 임무를 배분할 수밖에 없었다. 병원에서 아버지 간병 전담은 내가 하기로 하고, 동생은 고향집에서 어머니를 모시고 설을 쇠기로 했다.

그 와중에 2016년 2월 5일 아버지의 복부대동맥이 더 확장이 되어 파열破裂될 수도 있는 위급한 상황이라고 한다. 빨리 수술을 해야 된다고 한다. 0.7㎝ 더 커져서 7.7㎝가 되었다고 한다. 아버지 간병을 전담했던 나는 수술을 할 수가 없다고 버티었다.

맏아들이 해외출장 중이라 결정할 수 없다고 했다. 심장혈관외과의 송석원 교수는 터지기 전 수술과, 파열 후 수술의 차이를 비교해 가며 나를 설득했다. 수술이라는 최선의 방법을 염두에 두고 대구에 있는 누나에게 전화로 설명을 해서 양해를 구했다. 아버지 복부대동맥 수술에 관하여 나에게 모든 것을 맡겼다. 해외출장 중인 형님에게도 연락을 해서 승인을 받았다.

바로 그다음 날인 2016년 2월 6일 2시간 넘게 수술을 하셨다. 확장된 대동맥을 인조혈관人造血管으로 15㎝ 교체하는 수술을 했다.

대수술을 잘 견뎌 주셨다. 집도執刀를 한 의사 선생님과 잘 견뎌 주신 아버지도 감사했다. 같이 수술실을 지켜 준 동생과 가족들도 힘이 되었다. 든든한 버팀목이었다. 모두가 감사했다. 조그마한 것 하나하나 모두가 간절하였다. 그리고 절실했다. 고향 집에서 설 쇠기는 당연히 취소되었다.

복부대동맥을 수술하시고는 섬망譫妄 증세가 나타났다. 섬망이란 수술 이후에 외계外界에 대한 의식意識이 흐리고, 착각錯覺을 일으키어 헛소리, 잠꼬대와 함께 망상妄想이 나타나는 모습을 보이는 증상이다. 수술 후 10여 일 지나 아버지의 건강도 조금씩 호전을 보이기 시작하셨지만 섬망은 여전했다.

아침 일찍 병실에 들렀더니 아침밥을 먹고 가라고 하셨다. 고향집에 계시는 것으로 착각을 하셨다. 아직도 섬망의 연장선상에서 판단하고 계시는 듯했다.

그래서 지금은 병원에 입원해 계시고, 여기는 서울 세브란스병원이라고 인지해 드렸다. 그때서야 '아, 그래서 네 어머니가 안 보이는구나!'고 하셨다.

어머니는 고향집에 혼자 계시도록 했다. 병간호를 하는데 의견도 많으시고, 어머니를 보살펴 드리는 시간마저도 절약하자는 묘안에서 고향집에 모셨는데, 아버지는 여태껏 모르시다가 이제야 정신이 드셨나 보다. 어머니를 찾으시는 것을 보니….

수술 후 보름 정도 지나서는 입으로 죽을 드셨다. 여태껏 호스를 이용해 코鼻로 음식을 드셨는데 몸의 기능들이 제 역할을 하고 건강이 회복되어 가고 있었다.

송석원 교수는 휠체어를 타고 운동도 권유하는 등 아버지의 몸 상태가 정상적으로 가고 있는 듯 보였다. 그리고 스스로 휠체어를 타실 수 있을 때 연고 지역 병원으로 이원移院을 권유하려고 준비하는 듯했다. 수술 전 혈액투석 시 고향집에서 아버지 스스로의 힘으로 걸었던 거리가 얼마나 되는지도 물어 왔다.

봄기운이 완연한 절기節氣인 우수雨水에 맞춰 아버지의 건강도 우수優秀한 상태가 되기를 희망해 본다. 한편으로는 고향집에서 혼자 계시는 어머니는, 아버지가 안평 고향 집 대문을 걸어서 오시는 완치完治의 수준으로 높게 기대하고 계셨다. 실망하지 않도록 조심스럽게 기대치期待値를 낮춰드리는 것이 좋겠다고 사남매는 말을 맞추었다.

병원비 대비도 초미焦眉의 관심사關心事가 되었다. 어머니, 아버지가 근검절약勤儉節約하여 저축하셨던 돈으로 병원비를 해결해 왔지만, 앞으로 얼마나 더 들어 가야 하는지가 촉각觸角을 세우게 했다.

결국은 아버지가 완쾌되어 일찍 퇴원하는 것이, 염려되는 여러 문제들을 한꺼번에 해결하는 최선의 방법이 되는 것이었다. 지금까지의 병원비를 부모님이 전담하고 있다는 사실은 우리 자식들에게 다행이라는 것은 말할 나위가 없었다.

2016년 3월 초, 병실의 아버지 곁에서 고향에 계시는 어머니와 통화를 했다. 통화 내용에서 어머니가 집 뜰의 채소밭菜田에 사용할 비료 3포를 사서 시장에서 집까지 손끌차로 끌고 오셨다. 내가 힘드시게 일하지 마시라고 했는데, 그 통화 내용을 병상에서 아버지께서 들으시고 역정을 내어 우시면서 '그래서 너 어머니를 싫어한다. 그렇게 일하지 말라고 했는데 고생스럽게 그게 뭐하는 거냐?' 하고 눈물을 흘리셨다.

섬망이 종종 있는 시기였는데 정상적으로 정신이 확 돌아왔었나 보다. 그리고 억척같이 삶의 노예가 된 어머니에게 건강을 위해 간절하게 몸을 아끼라고 조언했는데 효과가 없음에 대한 애증愛憎과 실망이 교차된 듯하셨다. 중한 환자의 몸이지만 아내에 대한 소중함은 변함이 없음을 보여줘, 옆에서 지켜본 모두가 같이 눈물을 훔쳐야 했다.

수술 후 1개월 경과된 후 감성이 되살아나셨다. 아침에 주사를 놓아 준 간호사 보고 '고맙습니다'라고 마음의 표현을 하셨다. 어휘력도 많이 좋아지셨다. 큰 수술 후 2~3개월 까지는 정신이 없으시고, 섬망도 이어진다고 했는데, 모두에게 기대감을 줄 정도로 회복의 시간이 빨라지는 느낌이다.

정상인은 아무것도 아닌, 재활운동再活運動의 방법으로 스물을 헤아릴 때까지 서서 계셨다고 한다. 걸으신 게 아니고 그 자리에 서서 계셨던 거다. 걸어 다니는 것이 얼마나 대단하며, 선택받은 것인지 깨달은 시간이었다.

큰 수술을 마친 후 1개월이 지난 아버지의 건강상태에서는 확연히 좋아 보였다. 간병인 서명옥 여사는 조만간 몇 걸음 걸을 것이라고 예측하였다. 한번은 휠체어에 태워 병원 엘리베이터 거울을 보고 스마트폰으로 아버지와 함께 사진을 찍었다. 그리고 그 사진을 보여 드렸더니 스냅사진이네, 하고 말씀하셨다. 스냅사진snap寫眞이 무엇인가? 움직이는 피사체被寫體를 재빨리 찍는 사진이 아닌가? 스냅사진이라는 용어를 사용하셨다는 게 신기했다. 나날이 움이 트고 계셨다. 새싹이 무럭무럭 자라나고 계셨다.

그동안 아버지의 몸에 칼을 대는 수술과 시술은 5회 정도를 했다. 그때마다 아버지에게 한 번도 충분히 설명을 드리지 못했고 또 아버지가 동의하신 후 한 적도 없었다. 자식들 중에 누군가 동의서에 서명을 하고 병원 침대를 밀고 가서 수술을 진행했다는 게 죄송할 뿐이었다. 무의식중에 주사를 무서워하시는 아버지를 보고 많이도 죄책감을 느꼈다. 아버지를 위한다는 명분 아래 아버지께 물어볼 수도 없었지만 물어볼 생각조차 못했던 우리들의 마음을 뒤돌아보았다.

간병인 비용을 2주週 만기근무晩期勤務시 하루 일당日當을 추가로 요구를 했다. 1개월이면, 2일간의 일당을 더 지불하는 것이다. 처음 계약할 때 논의가 없었던 사항이지만 3형제가 동의를 해 줬다. 그 이유는 새벽 5시쯤 병원에 와서 보면 매일 목욕시키시고, 휠체어에 모셔서 운동시키시고, 식사 때가 되면 죽을 억지로라도 다 드시게 하시고, 간병인으로서 역할은 최고였다. 아버지가 인덕人德은 있음을 느꼈다. 어머니보다도 더 혹독하게 아버지의 재활운동을 시키는 모습이 감동스러웠다.

그 와중에 어머니는 안동 식혜를 만들어 서울병원으로 보내 주셨다. 아버지는 입맛이 없을 때마다 안동 식혜를 반 공기 정도를 드시고 입맛을 돋운 다음에야 죽 한 그릇을 비우시곤 하셨다. 처음 안동 식혜를 본 사람들은 무채와 동동 뜨는 밥알이 붉은 고춧가루 국물에 버무려져 있으니 먹어 보지도 않고, 입맛을 잃는 것이 사실이다. 그러나 생강과 무, 밥알이 발효가 되어 특유의 시원한 맛을 내는 안동 식혜에 맛 들인 사람들은 별미 중에도 별미로 생각을 한다.

2016년 3월 중순경 병원비에 관해서 아버지께 여쭈었다. 아버지께서 어렵게 모아서 저축해 뒀던, 돈을 병원비로 써도 되는지를 물었다. 된다고 고개를 끄덕이시면서 감정이 살아나시는지, 얼굴이 일그러지시며, 울컥 눈물을 쏟아내신다. 나는 병실 창문을 통해서 시선을 하늘로 돌릴 수밖에 없었다. 고향 집은 대문이 2개가 있다. 큰 대문 앞에 매실나무를 아버지가 심고, 잘 키워 놓았는데 가지에서 새싹이 움을 틔우고 있다고 말씀드리니 사진 한 장 찍어오지 하시며, 궁금해하셨다. 병상에 있으면 하잘것없는 것도 중요하고, 궁금하고, 애착이 가는 것이지….

2016년 3월 24일 아버지의 진료를 담당했던 송석원 교수와 3형제가 면담을 했다. 시술했던 팔의 혈액투석관으로 혈액투석해서 별다른 이상이 없으면 3월 30일 퇴원하는 게 좋다고 했다. 투석을 할 때 청진기를 통해 혈액투석관에서 쪼르륵 혈액이 흐르는 소리가 나면 정상이라고 했다. 퇴원한 후, 안동병원의 협진센터를 통해서 담당의사, 진료자료 등 일괄적으로 이원移院을 협조하는 방법이라고 했다. 안동병원의 의사는 허진 선생님으로 배정이 되었다. 현재의 상태로는 육체적, 정신적 회복의 정도는 긍정적肯定的이라고 했다. 아버지가 혈액투석 이후 많이 가려워하시는데 보습제로 피부 건조를 방지하는 게 최선이라고 했다.

어느 날 누나가 도종환 시인의 '흔들리며 피는 꽃'이라는 시詩를 메신저로 보내왔다. 아버지 병간호에 지쳐있을 동생과 올케들에게 힘을 주고자 하는 마음에서이다. 이 시詩는 편한 관계의 사람들에게는 힘과 재도전을 줄 수가 있는 기회의 글이지만 남매간에는 너무나 큰 의미가 부여될 수가 있어 어깨가 무거워진다.

흔들리며 피는 꽃

흔들리지 않고 피는 꽃이 어디 있으랴

이 세상 그 어떤 아름다운 꽃들도

다 흔들리며 피었나니

흔들리면서 줄기를 곧게 세웠나니

흔들리지 않고 가는 사랑이 어디 있으랴

젖지 않고 피는 꽃이 어디 있으랴

이 세상 그 어떤 빛나는 꽃들도

다 젖으며 젖으며 피었나니

바람과 비에 젖으며 꽃잎 따뜻하게 피웠나니

젖지 않고 가는 삶이 어디 있으랴.

2016년 3월 30일 서울 강남 세브란스병원에서 퇴원하시고 안동병원으로 입원을 하셨다. 형님과 동생이 승용차로 모셔갔다. 안동

병원에서 간병 전담은 누나가 되었다. 안동에서 가까운 대구에 살고 있었기 때문이다. 물론 전문 간병인도 채용을 하였다.

안동병원으로 옮기고 나서 아버지의 치료에 위기危機가 왔다. 낮과 밤이 바뀐 가운데, 밤마다 아프시다고, 가렵다고 큰 소리로 어머니를 찾으셨다. 같은 5인실의 환자 및 보호자가 잠을 잘 수가 없다고 난리가 난 것이다. 아버지를 다른 병실로 보내달라고 거센 항의가 들어온 것이다. 매일 그러하니 다른 방법이 없어서 새벽에는 비어 있는 1인실로 잠시 피신을 했다가 아침이 되면 다시 5인실로 복귀하시는 수모受侮를 겪으셨다.

서울의 상급종합병원은 전국의 환자가 모여든다. 옆 환자에게 피해를 주지 않으려고 노력도 하거니와, 인접의 환자들의 고충을 많이 이해하려는 분위기가 되어 있다. 또한 장기입원환자라고 해야 고작 2~3개월 정도면 병원에서 퇴원을 강요한다. 안동병원같이 중소도시의 종합병원은 10년 이상을 치료를 받고 있는 장기입원환자가 더러 있다. 5년 이상의 환자는 상당수 있었다. 그 환자들의 묵시적默示的인 발언권은 무시할 수가 없을 정도로 영향력이 컸다. 간호사의 병원관리도 간단치 않게 받아들이며, 호락호락하지 않은 게 현실이었다.

장기입원환자는 어지간한 간호사보다도 더 오랜 병원생활을 한 환자들이었다. 병원의 특성과 의사 및 간호사의 품성까지도 꿰뚫고 있었다. 병실에 장기입원환자가 있느냐 없느냐에 따라 그 병실의 분위기가 좌지우지左之右之 됐다. 인성이 부족한 환자 및 보호자가 있으면 소위 병실의 텃세가 생기게 되었다. 상태가 심한 중증환자는 입실入室을 거부하는 사태까지 생긴다. 또한 통증을 호소하는 소리가 크다는 이유로 다른 병실로 옮겨 줄 것을 강하게 요구한다. 참 웃지 못 할 병실의 문화를 볼 수가 있었다. 병원이 아니라 전문 숙박업소의 수준의 정숙靜肅을 요구하는 판이었다. 그런 환자를 위해서 왕진往診이라는 제도가 있는 게 아닌지 생각해 봤다.

아버지도 5인실 장기입원환자의 요구에 견딜 수 없어 환자가 없는 2인 병실로 옮겼다. 2인실에 인접 환자가 없으니 1인실과 같았다. 같은 환자의 요구에 못 이겨 2인실로 옮겨 높은 병실료를 내야 하는 환자 및 보호자가 된 것이다. 서운하기도 하고, 생명을 다루는 병원에서조차 오직 자신들만 생각하는 환자와 그 환자를 배척하지 못하는 병원체계에 옳지 않음을 느꼈다. 대수술을 받고 생명의 위중함을 느끼는 가운데 같은 환자들에 의해서 멸시蔑視를 받는다는 게 화가 났다. 야간에 이 병실 저 병실을 옮겨 다니며 진료를 받으시는 아버지를 생각할 때, 잘못된 행태를 보고만 있는 병원의 운영방법에 대해 전율戰慄을 느꼈다.

의료법에 근거하여 병원의 급수를 구분한다.

병원의 급수는 위로부터 상급종합병원, 종합병원, 병원, 의원 순이다. 서울 강남 세브란스병원의 규모는 상급종합병원으로, 전국적으로 40여 개가 있다. 중증질환에 대하여 난이도가 높은 의료행위를 전문적으로 하는 종합병원으로, 전문의가 되려는 자를 수련시키는 기관이라고 한다. 안동병원은 바로 아래 단계의 상급병원으로 전국적으로 260여 개가 있다.

어머니가 5인 병실을 찾아가서 아버지를 내쫓은 환자와 보호자에게 한마디 하셨다.

"열 사람이 한 사람은 살리기 쉬운데 이럴 수가 있느냐? 서울 사람들은 안동 사람들을 양반이라 하는데, 뭐 이런 양반이 다 있느냐! 굉장히 섭섭하다"고 하셨다. 그렇게 쏟아내고 나니 속이 시원했다고 하셨다.

모두가 수수방관袖手傍觀하는 것은 아니었다. 환자 보호자의 다급多急하고 절박切迫한 심정을 헤아려 묘책妙策을 제안하는 간호사도 있었다.

안동병원의 김선영 간호사는 환자를 깊이 생각하는 참 의료인이었다. 처음에 발단이 되어 아버지 병실을 옮겨 줄 것을 요청했었는데 단호하게 거절했다.

"그럴 필요 없다. 그 병실에서 나와 다른 병실로 옮겨가시면, 옮겨진 병실의 환자들도 싫어한다. 처음 지정해 준 곳에서 인접

환자에게 진심을 보이고 견뎌야 된다"고 했다.

그러면서 보호자를 다독여 준 간호사였다. 아버지가 고인故人이 되셨지만 장례 후에 일부러 안동병원에 들러 김 간호사를 만나고 왔었다. 그리고 고마웠다고 진심 어린 인사를 나누고 돌아왔다.

2016년 4월 21일, 어머니와 함께 큰고모 숙임과 누나가 안동병원으로 아버지께 갔다. 최상의 말투로 대화를 나누었다. 박목월 시詩 나그네를 읊어드리니 우시고, 또 읊으니 지루하다. 그만하라고 하셨다. 이어서 큰고모가 "까마귀 검다 하고 백로야 웃지마라" 한 수 읊으니 또 우시고 아버지도 한 수 하시라니 뭐라고 읊으셨는데 알아듣지는 못했다. 누나가 나그네 시를 몇 번 읊으니 "너는 목월을 참 좋아하네"라고 말씀하셨으니, 정신이 많이 또렷해진 상태라고 여겨졌다.

나그네

박목월朴木月

강江나루 건너서

밀밭 길을

길은 외줄기

남도南道 삼백리三百里

술 익는 마을마다

타는 저녁놀

구름에 달 가듯이

가는 나그네.

일혼 후반의 고모가 인간으로서 삶의 방향 등의 심오한 뜻을 나타내려고 시조를 읊지는 않았을 것이다. 아버지의 혼미昏迷해진 정신을 조금이라도 되돌려 놓으려는 심정이었을 것이다. 이 시조는 이성계가 조선을 건국하자, 죽음으로 저항한 고려 유신遺臣들을 빗대어 조선의 개국공신開國功臣 이직李稷(1362~1431년)이 지었다.

까마귀 검다하고 백로야 웃지마라

겉이 검은들 속조차 검을소냐

겉 희고 속 검은이는 너뿐인가 하노라.

2016년 5월 8일 어버이 날 서울을 출발해서 안동병원엘 갔다. 병실에 아버지가 계시지 않으서서 간호사에게 물어 혈액투석실에서 아버지를 뵈었다. 혈액투석실은 4층 구석에 위치하고 있었다. 안동병원 혈액투석실은 처음 가보는 길이었다.

홀쭉한 하관下觀에 뼈만 남은 다리를 이불 밖으로 내밀고 계셨다. 이불을 덮어드리고, 다리를 만지고 해도 모르실 정도로 잠에 취해 계셨다. 아니 기력氣力이 쇠약衰弱해지셨다는 게 맞을 수도 있다. 어제 다녀간 동생이 꽂아드린 카네이션만 머리맡을 지키고 있었다.

한참을 기다려 어렵게 담당의사 방종효 님을 만났다.

간호사실의 컴퓨터를 통해서 X-ray 사진을 보여 주며, 아버지의 합병증을 설명해 줬다. 음식이 기도를 타고 폐에 유입이 되어 합병증이 되었다고 했다. 우리가 원하는 대구 대현첨단요양병원 이원移院은 현재의 건강상태로 어렵다고 했다.

앞으로 1~2주간 건강상태를 향상시키든지, 아니면 그사이에 돌아가실 수 있다고 2회를 반복해서 말해줬다. 야속한 사람! 직업이 의사이니 그렇게밖에 말을 못하지!

혼자 울면서 8층 계단을 걸어서 내려왔다. 안동 낙동강에서 불어오는 봄바람이 눈동자를 시원하게 해 주었지만 흐르는 눈물을 주체할 수가 없었다. 아버지가 건강하셨을 때 본인의 묘터라고 지정해 준 곳이 있었다. 선산 안평 석탑동 막닥골로 함경원 동장의 포클레인 장비를 불러 묘터를 다듬었다. 지관地官 정수웅 님도 모셔 조언을 받았다. 조성되어야 할 묘터 초입의 밭

주인을 물어물어 찾아서 포클레인이 지나갈 때 다칠 수 있는 농
작물에 대한 보상비 10만 원을 주기로 하고 사전에 협조를 얻었
다. 묘터를 다듬는데 동네의 이웃 최영락 님도 도와줬다. 일에
는 순서가 있듯이 슬픈 일이지만 아버지를 먼 곳으로 모셔야 할
준비를 해야 한다고 생각했다. 가슴이 아프지만 사람이 살아가
는 이치가 아니겠는가!

　사남매가 논의했던 대구 대현첨단요양병원으로 이원移院 날짜
가 확정이 되었다. 2016년 5월 27일….

　대현첨단요양병원으로 이원移院하게 된 이유는 몇 가지가 있었
다. 대현첨단요양병원이 요양병원 범주範疇에서는 상위 수준의
전문병원專門病院으로 병원비용에 비해서 수준 높은 진료서비스
를 받을 수 있었다. 대구에서 안동까지 와서 간병하고 있는 누
나와 자형의 시간적인 부담을 줄이자는 의견도 반영되었다. 거
리가 너무 멀어서 시간사용에 제약이 많았다. 간병인 비용부담
도 고려가 되었다. 일일 8만5천 원이니 한 달이면 2백60만 원의
비용 지출이 만만찮았다. 차후 장례식장葬禮式場을 대구로 선택
하는 것이 조문객의 부담을 덜어드린다는 판단도 포함이 되었
다. 경북대병원이면 서울에서 출발하는 조문객은 동대구 톨게이
트 및 KTX 열차로 동대구역에 도착할 수 있으니 접근성接近性의
다양함도 고려가 되었다. 그러나 이원 3일 뒤 혈액투석관이 막

혀서 다시 대현첨단요양병원에서 경북대학병원 응급실로 입원하셨다.

2016년 5월 30일 다시 아버지는 경북대학병원 응급실 병상에 누우셨다. 그 병상에서 여러 번의 변便을 보셔서 자형 허규가 변便을 처리하고 기저귀를 교체했다. 막힌 혈액투석관은 국소마취를 해서 가슴에 혈액투석관 시술을 하고, 임시방편臨時方便으로 사타구니의 혈관을 찾아서 혈액투석을 진행할 예정이라 했다.

지금 당장은 혈액의 수치가 높게 나와서 시술을 진행할 수가 없다는 의견이었다.

참, 아버지는 원통寃痛하고 애통哀痛하시다. 현재까지 6곳의 병원을 옮겨 다니시고, 7~8회의 크고 작은 수술手術과 시술施術을 하셨기 때문이다.

동생은 아버지를 이렇게 술회述懷했다. 중학교 1학년이니 14살이었다. 그때 아버지는 42세였다. 그 시절 안방에서 같이 잠자면서 "아야~ 아야~" 주무시면서도 아프시다고 하셨다. 무의식無意識 중에도 아프다고 하셨다. 그 시절 잠꼬대를 하시는 아버지를 이해하지 못했다고 한다. 참 아픈 곳이 많았던 아버지였다고….

2016년 6월 4일경, 그래도 맑은 정신으로 맏아들과 딸, 사위 앞에 서너 차례 우셨다. 못 알아듣는 말씀을 하시며 울었다. 눈

감고도 눈물을 흘리셨다. 참 이상하다고 자형姉兄이 이야기했다. 2주일 후에 간다라고 하셔서 어디에 가시느냐고 여쭈니 푹 자러 간다며 우셨다. 우리의 아버지는….

2016년 6월 16일 목요일 아침 6시경 누나가 서울로 연락을 했다. 아버지가 위중하시다며 어젯밤 11시부터 고열로 고생하신다. 의식이 없으시고, 고향 집의 어머니는 자형姉兄이 새벽 3시에 병원으로 모시고 왔다. 큰고모에게도 연락을 했다. 어머니가 의식이 없는 아버지를 뵙고는 아들들을 부르라고 했다. 정신 차리고 의논 잘해서 대구로 내려오라고 했다. 의료진醫療陣도 희망을 두지 않는 상태였다.

회사에 업무 단속團束을 하고 KTX 열차를 타고 대구 경북대학병원으로 가는 도중인 10시 03분에 작고作故하셨다. 임종臨終은 어머니와 큰고모 숙임 님이 지키셨다. 임종의 소식을 들을 때는 그냥 돌아가셨구나 정도로 담담했다. 한참 지나서 눈물이 났다. 혼자 막 울었다. 옆자리의 승객은 개의치 않았다. KTX 열차는 아버지 임종 후 2시간이 지나, 나의 다급함과는 상관이 없이 12시에 동대구역에 도착했다.

선암사

정호승

눈물이 나면 기차를 타고 선암사로 가라.

선암사 해우소解憂所로 가서 실컷 울어라.

해우소에 쭈그리고 앉아 울고 있으면

죽은 소나무 뿌리가 기어 다니고

목어木魚가 푸른 하늘을 날아다닌다.

풀잎들이 손수건을 꺼내 눈물을 닦아주고

새들이 가슴속으로 날아와 종소리를 울린다.

눈물이 나면 걸어서라도 선암사로 가라.

선암사 해우소 앞 등 굽은 소나무에 기대어 통곡하라.

아버지를
먼 곳으로 보내 드리기

아버지는 2015년 10월 15일 오전 10시경 가슴을 옥죄는 통증으로 급히 택시를 불러 타시고 의성읍 소재의 한길성 내과로 가시면서 병마病魔와 싸움을 시작하셨다. 그동안 6곳의 병원을 옮겨 다니시고, 7~8회의 크고 작은 수술手術과 시술施術을 하시고, 경북대학병원 5867호실에서 2016년 6월 16일 10시 03분에 작고作故하셨다. 투병의 기간은 8개월 하고도 1일이었다.

경북대학병원에서 발급한 사망진단서에는 환자성명 권혁근, 주민등록번호 351126-1773313, 주소 경상북도 의성군 안평면 안평의성로 69, 사망장소 대구시 중구 동덕로 130 의료기관, 사망의 원인 직접사인 폐렴肺炎, 사망의 종류 병사病死, 의사성명 황지용으로 기재가 되어 있다.

아버지는 수십 년 전부터 화장火葬으로 이승을 마감하시겠다고 하셨다. 평소 아버지의 뜻에 따라 화장을 해서 유골은 선영先塋에 모시기로 하였다. 선영은 의성군 안평면 석탑리 산 24번지 막닥골이다. 아버지를 마지막으로 보내시는 어머니의 뜻은 화려하게도 하지 말며, 더욱이 초라하게는 절대로 하지 말기를 원하셨다.

아버지의 장례葬禮를 준비하면서 혹여 아버지의 뜻에 어긋나서 노여움을 사는 경우는 없을 것이라고 확신을 했다. 그 이유는 아버지는 정신이 깨어 있는 현대인이였기 때문이다. 아버지는 일흔의 연세에 컴퓨터 공부를 하셔서 이메일로 자식들과 손자 손녀들과 소통을 하셨던 분이다. 또한 도시화 시대에 살고 있는 자식들에게 도움을 주도록 여러 가지 문화와 제도를 바꾸시는 데 노력하셨던 분이었기 때문이다.

그 예로 이메일을 통해서 자식들에게 보내주신 글을 소개한다. 장례葬禮에 관하여 아버지의 소신을 밝힌 글이었다. '내가 조상이 많아서, 남들은 3년 탈상脫喪을 하던 시절에, 앞서서 100일 탈상을 했다. 대소가 및 지인들은 욕을 했다. 그렇게 욕을 했던 사람들이 지금은 먼저 3일 탈상을 솔선수범率先垂範을 하고 있다'고 내용을 보내 주셨다. 그리고 추석성묘秋夕省墓를, 추석 연휴 1주 전 토요일에 하도록 일자를 변경해 주셨다. 교통이 혼잡한 때를 피해서 1주 전 토요일에 성묘를 하면 운전해서 오는 자식이나 고향집에서 기다리시는 부모님도 애를 덜 쓴다는 판단을 하시고 바꾸어 주셨다.

아버지는 의례儀禮에 관하여서는 옛말에 예禮는 가가례家家禮라 하였다. 그 뜻은 집집마다 방식이 다르다는 말이다. 그 집안의 형편대로 정성껏 준비하고 지내면 된다고 하셨다. 마음의 자세가 중요하다고 하셨다. 관혼상제冠婚喪祭가 뭔가? 관례冠禮는 정해진 나이가 되면 성인식을 치르는 의식이며, 혼례婚禮는 결혼식으로 남자와 여자가 부부가 되는 맹세를 하고 약속하는 의식이며, 상례喪禮는 사람이 죽었을 때 치르는 예식, 제례祭禮는 돌아가신 조상을 위로하기 위하여 치르는 예식으로 제사라고도 한다. 이는 유교에 입각한 통치질서統治秩序가 완강했던 조선시대의 의례儀禮가 아닌가.

국사편찬위원회의 조선 중기의 사회와 문화에서는 제사祭祀와 관련하여 이렇게 기술하고 있다. 경국대전에는 문무관 6품 이상은 부모, 조부모, 증조부모의 3대를 제사하고, 7품 이하는 2대를 제사하며 서인庶人은 단지 죽은 부모만을 제사한다고 명시하고 있다. 그러나 조선의 제사관행은 이 규정대로 지켜지지 않았다고 한다. 그 이유는 제사가 가문家門과 문벌門閥의 위세경쟁으로 변질되었으며, 조선 후기에는 양반들의 제사에 신분 향상을 열망했던 서민들도 제례 경쟁에 뛰어들었기 때문이라고 했다.

인내천人乃天을 근본사상으로 하는 동학東學에서 제사의 간소화를 주창하였다. 사람이 곧 하늘이요, 하늘이 곧 사람이라는 것이 인내천人乃天의 사상이 아닌가.

동학 창시자인 최제우 선생은 제사의 간소화를 주장해 네발 짐승의 고기를 금하고, 국, 밥, 나물 정도만 권했다. 2대 교주 최시형 선생은 아예 물 한그릇淸水만 올리도록 했고, 무엇보다 마음가짐을 중시한다고 했다.

오랫동안 초등학교에서 교단에 섰던 재종숙모再從叔母는 집안 제사에 대하여 "살아있는 사람이 행복해야 된다"고 말했다. 돌아가신 분에 대하여 과한 제사준비 등은 고려해야 한다는 뜻으로 해석되었다.

아버지는 2016년 6월 4일 대체로 맑은 정신으로 맏아들과 딸, 사위 앞에 우시면서 2주일 후에 푹 자러 간다며 운명일을 예언豫言하셨다. 예언하셨던 날보다 2일이 부족한 6월 16일 돌아가셨다.

장례葬禮를 준비하면서 세 가지 중요한 것을 결정하고 갖추어야 한다는 것을 깨달았다. 첫째는 장례의 기간이었다. 조류潮流에 따라 3일장으로 결정하는데 특별한 이견異見이 없었다. 따라서 발인은 2016년 6월 18일 토요일 7시 30분으로 정했다. 둘째는 장사葬事의 방법인데, 아버지는 오래전 국가의 시책施策이나 시대의 흐름에 맞는 화장火葬을 원하셨고 더 확산이 되어야 된다고 주장하셨다. 때문에 화장도 별 이견이 없었다. 마지막으로 장지葬地 준비였다. 안동병원의 방종효 의사께서 그 당시 기준으로 2주 이내 돌아가신다는 예측豫測을 해줘서 아버지를 모실 묘墓 터를 미리 준비해 놓았다는 게 마음이 놓였다.

의사의 예측대로라면 5월 22일쯤이 아버지의 운명일이었지만 24일을 더 생존해 계셨다. 사전에 장례를 위하여 가입해 놓았던 상조회사의 권혁태 팀장의 조언을 받아 진행했다.

발인 시간의 결정은 의성군 화장장의 사용가능시간과 차량으로 이동하는 시간을 고려해야 했다. 10시 정각에 화장이 시작이 되어 12시에 유골을 받아 묘터로 모실 수 있다고 했다. 화장장의 사용료는 의성군민에 한하여 대인은 10만 원이다. 화장의 소요시간은 2시간 남짓 걸렸다.

아버지의 영정影幀은 몇 해 전에 인화印畵를 해서 액자額子에 넣어 대구 누나 집에 보관해 놓았던 것을 사용했으며, 수의壽衣는 10여 년 전에 어머니가 경북 상주의 유명한 집에서 만들어 고향집에 보관하던 것을 장례식장에서 입혀 드렸다.

화장火葬을 권고하는 정책은 국가 차원임을 법률에서도 볼 수가 있다. 장사葬事등에 관한 법률法律 제4조에는 국가와 지방자치단체는 묘지 증가에 따른 국토 훼손을 방지하기 위하여 화장,

봉안 및 자연장의 장려시책을 강구하고, 수요를 충족할 수 있는 화장시설을 갖추도록 강조하고 있다. 화장이란 시신이나 유골을 불에 태워 장사하는 것이다. 봉안이란 유골을 봉안시설에 안치하는 것이며, 자연장自然葬이란 화장한 유골의 골분骨粉을 수목, 잔디 등의 주변에 묻어 장사하는 것을 말한다.

빈소는 어머니가 바라시는 대로 초라하지도 그렇다고 사치스럽지 않도록 준비를 했다. 성의를 다해 조문객을 맞을 준비를 했다.

조문弔問을 더러 다녀 보았다고 생각을 했다. 아버지의 빈소를 지키면서 많은 깨달음이 있었다. 여태껏 조문을 겉치레로 다녔다는 생각이 들었다. 빈소에서는 상주들과 함께, 진정성 있는 슬픔을 나누어야 한다. 뇌리에 남는 조문객은 고향 친구 장규화와 고종매부姑從妹夫 동종익이다. 몸짓에서도 슬픔이 배어 있었지만, 정성을 다해서 아버지 영정에 술잔을 올리는 모습에서, 나의 눈동자로부터 슬픔을 몰려오게 했다. 돌아가신 분께 술 한 잔 올리는 게 무슨 의미가 있겠는가만 상주의 입장에서, 자식의 입장에서는 충분히 공감이 되었다.

입관入棺은 아버지가 작고作故하신 지 하루를 지난 6월 17일 오전 11시 40분에 이루어졌다. 입관入棺 행사는 정성껏, 꼼꼼하게 준비를 해 주었다. 상조회사의 팀장이 직접 했다. 생명력은 잃으

셨지만 아버지의 마지막 살결임에 애착이 갔다. 안치실에 모셨다
가 나와서인지 냉기가 있는 체온이었다. 그래서 더 슬펐다. 그래
서 더 가슴이 아팠다. 살아 계시는 거와 작고作故하신 것은 비교
할 수 없었다. 자식들과 손자, 손녀들이 오열嗚咽을 했다. 아버지
는 이 세상과 단절이 된 나무관 속으로 들어가셨다.

아버지를 보내면서 알게 된 상식으로 입관入棺이 마무리된 이
후에 상복喪服을 입고 조문객을 맞이하는 게 관례라고 한다. 아
침저녁으로 빈소에 올리는 상식上食도 입관 이후에 한다. 요즈
음은 병원에서 발행하는 사망진단서死亡診斷書 이후에 장례를 진
행하는 추세라고 한다.

의료기관이 발달되기 전에는 자택에서 입관入棺 준비하기 직전
에 목숨이 살아나서, 장례를 준비하던 모든 사람들을 당황하게
만드는 경우가 간혹 있었다. 그래서 입관入棺이 기준이 되어 그
이후에 상복을 입고 조문객을 맞았다. 입관 시점으로부터 사망
의 기준이 된다.

아버지가 8개월간 병원에 입원치료를 하고 계셨고, 의사들이
시한부時限附를 예고豫告하였기에 마음속으로 아버지를 보낼 준
비를 하고 있었다. 가장 충격이 크실 어머니에게도 귀띔을 해 두
었다. 또한 장례와 같은 큰일을 사전에 의논을 하고 대비하는
것이 아버지에 대한 효심이 부족하다던가, 다른 불순不純한 생각

이 없었기에 기탄忌憚 없이 의견을 계진繼進하자는데 동의하였다. 모든 자식들이….

의견 수렴이 된 내용은 장례식장에 오시는 조문객에게 등산용 손수건을 준비해서 1인 1매를 드린다. 등산용 손수건의 견적 및 준비는 자형姉兄이 지인을 통해서 준비하기로 했다. 또한 오시는 거리에 관계없이 사돈査頓은 교통비 5만 원을 드린다. 그 외 집안 및 외가에서 오시는 분은 교통비 2만 원을 준비해서 어머니가 드리는 것으로 상의를 했다.

2016년 6월 18일 토요일 6시 30분 발인제發靷祭를 올리고, 운구차運柩車는 고향 의성 안평 고향집으로 향했다. 아버지의 영정影幀을 든 맏손자 용배가 고향집 대문을 들어섰다. 아버지는 저 세상의 혼魂이 되어 4개월 17일 만에 고향집으로 오셨다.

2016년 2월 1일 혈액투석을 하시다가 고열로 칠곡경북대병원에 입원 이후 시간이 그렇게 많이 흘러서야 고향집에 오셨다. 이 세상의 사람이 아닌 혼백魂魄의 모습으로 덩그렇게 영정만이 오셨다. 아버지가 자주 앉아 계시면서, 들길에 나다니던 사람들을 구경하시던 소파에 잠시 머무르셨다. 그리곤 집 뒤꼍을 한 바퀴 돌아 밖으로 나가시고, 노제路祭를 올리고 의성군 화장장으로 향했다. 아버지의 평소 뜻을 따르고 어머니의 의견과 대소가의 어른들과 상의해서 발인 당일에 탈상제脫喪祭를 모두 올리고 선산先山 안평 석탑동 막닥골을 떠나왔다.

마지막 가시는 아버지의 관棺 운구조運柩組로 서울에서 온 친구 4명이 있었다. 대구에서 하룻밤을 자고 안평 고향집까지 따라온 친구는 군장교 출신 전우戰友였다. 군가의 한 소절小節 같이 '생사를 같이했던 전우야 정말 그립구나 그리워…' 아버지가 저세상으로 가시는 갈림길에 긴 시간을 같이해 줘서 고개 숙여 고마움을 표하고 싶다.

그 전우의 말에 의하면 할아버지를 보내는 순간순간에 손자 손녀들이 슬퍼하고, 애통哀痛에 빠졌다. 생전에 할아버지가 손자 손녀들에게 따스하고 자상하셨던 모습이 그려지는 눈물임을 알 수가 있었다. 그렇다. 아버지 성품은 10월의 단풍잎 같은 감수성이 녹아 있는 따스한 분이었다.

큰일을 다 치르고 맏아들인 형님이 동생과 조카, 질녀에게 아버지를 모시느라 고생함에 대한 격려의 글을 보냈다. 그 글은 다음과 같다.

2016년 6월 16일(음력 5월 12일).

거목巨木이신 우리 아버지가 생生을 마감하신 날입니다. 그래도 어머니가 우리 곁에 계셔 주심에 감사感謝한 일입니다. 큰일 치르면서 서로를 의지하고 서로를 배려하며 아버지의 자손들답게 겸손謙遜하게 묵묵히 자기

일을 한, 모든 가족들에게 부족하고 내 할 일 못하는 맏아들인 저가 감사와 고마움을 전합니다.

누나, 자형姉兄, 광영, 성영 너무 고생과 수고가 많았습니다.

누나, 이젠 마음고생 더시고 건강 추스르시길 간곡히 부탁드립니다.

자형의 장인이신 아버지를 사랑하심이 지금도 눈에 아련합니다.

저는 처갓집 장인, 장모 기저귀를 못 갈아드렸는데 자형은….

저 평생 잊지 못할 것 같습니다.

동생 대순, 제수씨, 가람이, 용현이 너무 수고하고 고생했어요.

대순이는 둘째인데 부족한 형 때문에 고생했고, 제수씨도 너무 고생했고 가람이와 용현이는 할아버지 손주로서 의젓하고 든든했어요.

철순, 제수씨, 용제, 철순이는 뒤치다꺼리하느라 고생했고, 제수씨 마음 고생 하면서 묵묵히 자기 일 하느라 고생했어요. 용제는 할아버지가 웃으면서 이승을 하직下直할 수 있도록 해줬으며, 어른스럽고 든든하게 커 줘서 큰아빠가 해준 건 없지만 고맙게 생각합니다.

이젠 일상으로 돌아가서 우리 어머니의 염원念願에 따라 건강 지키며 열심히 살아 봅시다.

혁赫자 근根자 아버지의 자녀로서 누累가 되지 않도록….

2016. 6. 20. 맏아들 영순 드림

장례葬禮와 관련된 용어로, 모친母親이 돌아가셨을 때는 본인을 가리켜 애자哀子라는 대명사로 부르며, 부친父親이 돌아가셨을 때의 자식들을 고자孤子라고 하고, 고애자孤哀子는 부모 두 분이 다 돌아가셨을 때의 자신에게 부르는 대명사이다. 고자孤子 대순大純이 되었다.

아버지가 강남 세브란스병원에 입원해 계실 때 간병인에게 병수발 잘해드리라고 격려금을 전해 주신 최일랑 회장님, 병원을 옮겨 다니실 때 도움을 준 고향 친구 강대욱 님, 칠곡경대병원에 병문안 와서 국밥을 대접해 준 친구 김영식 님, 안동병원에 문안 온 친구 장규화 님 부부에게 다시 한 번 고개 숙여 감사드리며, 병문안 와 주시고, 조문 오신 동네 이웃분들, 친가 및 외가 친척분들 일일이 한 분 한 분 열거는 못하지만 고마웠고 감사하다는 말씀을 정성을 다해 드리고 싶다. 대구에서 귀촌하여 마을주민이 되어, 아버지가 서울의 큰 병원으로 입원하도록 독려督勵하여 준 천호영 님께도 고마운 뜻을 전하고 싶다.

탈상을 끝내고 집에 있는데 경북 구미에서 고향 안평 실골을 방문하다가 일부러 들러 아버지의 가시는 길을 슬퍼해 준 고향 선배 이재수 님, 장례 후 한 달이 지나 슬픈 소식을 늦게 들었다며, 전화를 해서 애통한 심정을 같이 해 준 분들, 삶을 살아가면서 가르침을 주셨으며 두고두고 보답報答하겠다고 다짐해 본다.

누나도 동생과 올케, 조카, 질녀에게 아버지를 먼 곳으로 모시면서 고생한 것에 대한 안부와 감사의 글을 보내줬다. 누나의 글을 옮겨 본다.

가족家族들이 존재存在하여 함께 치를 수 있는 것이 장례葬禮와 같은 큰일인 것 같다. 참 좋은 관계인 것을 이번에 아버지를 하늘나라로 모시면서 실감實感하게 되었다.

동생 3명은 말할 것 없이 고맙고, 넉넉하게 자리했던 큰 올케도 고맙고, 주방에서 끝까지 조문객弔問客의 음식과 관련되어 책임 있게 도와준 둘째 올케도 고맙구나, 방문하는 조문객에게 전해 줄 등산용 스카프를 들고 요지부동搖之不動으로 접객接客한 막내 올케 또한 고마웠다.

애틋한 슬기, 든든한 가람이, 가련한 예리, 예쁜 손녀들의 배웅으로 할아버지는 잘 가셨을 거라 믿는다.

우리 장손長孫 용배, 올려다보면 진주 눈물 흘려 그 눈 피하려고 애쓴 고모였다.

일찍 장례식장에 도착해서 피곤한 눈 다래끼 달고 고군분투孤軍奮鬪한 우리 용현이, 철학자 같은 포스로 눈에는 우수憂愁를 가득히 담고 할아버지를 그리워했던 우리 용빈이, 산山만 한 덩치에 여기서 울고 저기서 울던 우리 아버지의 막내 손자 용제.

분당 집에서 속마음으로 애탔을 막내 손녀 지영이, 우리 아버지가 가슴에 새겨 두시고 떠난 보물寶物 중에 보배들. 많이많이 사랑하고 든든했고,

고마웠다. 이 고모가 6월 17일 새벽 잠깐의 쪽잠에 용꿈을 꿨다. 우리 아버지는 승천昇天하신 거 분명하니 아무 걱정하지 말고 각자 건강 챙기면서 가족들 사랑하고 행복 만들면서 잘살아 보자. 모두가 아버지 좋은 곳으로 모신다고 애썼다. 철순이 회계담당會計擔當으로 아버지 병원비며 장례식 장비며 살림 산다고 더 많이 애썼다. 고맙고 든든한 우리 아버지의 보물들을 사랑합니다.

2016. 6. 20. 고모 필희 씀

어머니는 고인이 되신 아버지를 지금도 종종 원망怨望하신다. 그래도 63년을 같이 살아온 부부였는데 저세상으로 가기 전에 정리하는 말 한마디가 없었다고…. 기회를 내서 당신이 내 같은 남편을 만나 어른들도 많고 요구하는 법도法度는 많은데 남편인 내가 도와주지 못해서 참 미안했다는 말은 바라지도 않는다. 그렇지만 앞으로 어떻게 혼자 살아가겠느냐? 혼자 먼저 저세상으로 가서 미안하다고 말 한마디도 없는 사람이다. 참 매몰스럽다고….

어머니는 조용한 시간에 아버지의 생각에 눈물이 난다. 살아오면서 고생한 것을 생각하면 참 불쌍한 생각이 든다. 어른들의 틈바구니에서 속내를 드러내지 못하고 속으로 삼키느라, 속병이 났을 것이라고 했다.

어머니는 아버지가 작고作故하신 이후에 많은 것을 느꼈다. 사람이 살아 있고, 죽은 것이 이렇게 많은 차이가 있다는 것이 실감이 난다. 병원에 입원해 계실 때는 그래도 보고 싶다는 이야기도 할 수가 있는데 이제는 그리움밖에 없다는 게 참 허탈하다. 연세가 드셔도 어머니는 여자임에 틀림이 없다. 한 남자의 아내로 인정받고 싶은 분이다. 아버지 명의로 된 통장에 돈이 얼마가 남아 있는지 볼 수도 없고 삶이 참 허망하다고 몇 번이고 말하셨다. 60년을 의지하고 사셨으니 그리움이 없다면 그 또한 말이 안 되리라.

그러나 아버지는 그렇게 매정하신 분은 아니었다. 어머니에 대하여 정감과 관심이 많으신 분이었다. 두 번째 서울 강남 세브란스병원 입원하시고 어머니는 아버지의 병환 후유증으로 보름 정도 크게 편찮으셨다. 늦게 그 사실을 아셨던 아버지는 본인의 위중함 속에서도 어머니의 건강을 크게 걱정하셨던 분이었다.

어머니 역시 억센 시골 할머니같이 보여도 속마음까지 강철 같은 분은 아니다. 표현도 여리시고, 마음을 전하실 때는 한 편의 시를 읽는 것 같은 감성이 묻어나는 것을 느낄 수 있었다. 아버지가 생각이 난다는 것을 '그립다'고 표현을 한 것도 시골의 할머니가 쉽게 입으로 흘러내는 단어가 아니지 않은가!

어릴 때 파릇파릇한 보리와 봄비를 비유해서 '봄비를 맞으면 보리가 펄쩍 뛰었다'는 동시童詩 같은 표현을 한 어머니였다.

　그동안 사용한 병원비용은 5,300여만 원이다. 이중 순수한 병원비는 3,300여만 원이며, 간병인 비용으로 2,000여만 원이 들었다. 아버지의 투병에 사용한 비용 전액을 부모님이 알뜰하게 저축해 놓은 자금으로 사용을 했고, 돌아가실 때까지 소소小小한 비용들은 제외하고 자식들에게 경제적으로 부담負擔을 주지 않았다.

　아버지를 먼 곳으로 보내드린 장례비는 1,700만 원 정도 들었다. 장례식장의 대실료와 식대가 900여만 원, 상조회사 비용이 500만 원 소요되었고, 기타로 조문객에게 답례품으로 제공한 등산용 손수건과 주요 손님 교통비 등으로 300만 원이 들었다. 한국소비자원이 조사한 화장장으로 치르는 장례비용이 전국 평균 1,327만 원과 비교하면 400만 원 상회上廻하여 집행이 되었다. 병원비와 장례비를 합해서 총 7,000만 원이 들었다.

　그래도 건강하실 때 자식들과 동승해서 이동 중인 승용차 안에서 자연스럽게 대화하는 말소리를 녹음으로 들었다. 아버지의 말씀보다도 어머니의 대화가 많고 목소리도 더 컸다. 아버지의 목소리를 더 듣고 싶었는데 더 이상 말씀이 없이 녹음이 끝나버려 아쉬웠다. 녹음 속에서조차 회환이 되어 가슴을 아프게 했다.

자식들과 승용차편으로 여행을 하실 때는 선글라스를 받쳐 끼시고, 자식들과 어울리는 분위기를 연출하실 줄 아시는 시골 영감이셨고, 환갑環甲이 지난 사위가 세배를 해도 꼭 신권新券으로 미리 바꿔 빳빳한 돈으로 세뱃돈을 주셔서 자형姉兄은 친구들에게 환갑, 진갑이 지난 나이지만 장인에게 세뱃돈을 받는 사위라고 자랑을 했던 멋있는 장인丈人이었다, 우리 아버지는!

아메리칸 인디언의 기도에는 이런 내용이 있다고 한다.

내 무덤가에 서서 울지 마세요
나는 거기 없고 잠들지 않았습니다.
나는 이리저리 부는 바람이며
무르익은 곡식을 비추는 햇빛이며
밤에 부드럽게 빛나는 별입니다.

형님에게
삶을 배우다

　취미趣味 수준의 졸필이지만 꾸준하게 글쓰기를 해왔었다. 지루해하지 않은 작문에 대한 영향은 당연當然히 부모님이 선천적先天的인 유전인자遺傳因子를 핏속에 흐르도록 했기 때문이라고 생각한다. 남들이 쓴 소소한 감정感情의 글일지라도 눈물과 함께 동의同意하는 감성을 주셨기 때문이다.

　그러나 글 쓰는 즐거운 환경環境을 제공한 사람은 형님이었다. 더 정확하게 표현을 한다면 형님이 글 쓰는 모습模襲에 영향을 받아 스스로 글쓰기를 좋아하게 되었다.

　청소년기의 형님은 무엇이든지 잘했다. 동생 눈에는 그렇게 가늠이 되었으며, 느껴왔다. 훤칠한 체구에 노래도 잘 불렀다. 공부도 우등생이었다. 시골학교지만 핸드볼과 배구 종목 선수로 활약도 하였다. 핸드볼은 골키퍼를 했다. 배구는 의성군 내 최고 성적을 거둬 군대표郡代表 학교로 선발이 되어 경상북도대회에 출전하기도 했다. 전깃불도 안 들어왔던 시골학교에서 대구라는 큰 도시까지 원정경기를 가는 일취월장日就月將의 성과였다.

대학시절에는 교내 백일장에서 시 부문에 당선되기도 했다. 문학이 사람의 가슴을 움직일 수 있다는 것을 가르쳐 주고 느끼게 만들어 준 사람이 형님이었다.

열거列擧했던 것들이 내가 형님보다 한 가지라도 잘 해보자는 경쟁심競爭心을 키우는데 영향을 줬다. 동급생과 경쟁을 하지 않고 자신의 형님을 이겨보자는 어처구니없는 생각을 키워왔던 것 같다. 그런 경쟁심이 글을 쓰게 하고 써 놓았던 글을 모으게 했다.

아마 형님이 대학 1학년 때로 기억이 된다. 1970년대의 열악한 보건保健환경으로 큰 병인 폐결핵肺結核에 걸린 것이다.

학교를 휴학하고 시골집 아랫방에 격리隔離되어 요양을 했다. 폐결핵이라는 병이 전염성傳染性이 있는 병이기 때문에 외부와 격리隔離되어 혼자 방을 썼다. 부모님이 낙심을 많이 하셨다. 특히 어머니가 염려를 많이 하셨다. 집안에서 내일의 중심이 되는 맏아들이 한창 나이에 꿈을 접고 병마病魔와 싸우고 있으니 많이 암담暗澹해 하셨다.

고등학교 때는 매주 토요일 날 대구에 있는 자취방에서 고향 집으로 오는 게 나의 큰 행사였다.

대구북부정류장에서 급행急行버스에 오르는 게 일주일간의 행복이었다. 급행버스는 완행버스보다 한 급수級數가 높기 때문에 대구를 출발해서 3곳만 정차를 했다. 군위효령버스정류장, 군위 읍 내, 도리원버스정류장만 정차停車했다. 그다음 의성 도리원을 지나서부터는 내려야 될 동네 앞에서 버스를 세워달라고 큰 고함소리를 지르고 정차를 하면 버스에서 내리곤 했다. 급행버스와 다르게 완행버스는 내리고, 타는 손님이 있는 곳마다 정차를 하는 버스였다.

토요일 수업 4시간은 온통 고향집의 넉넉함과 어머니 품에 젖어드는 날이었다.

고향집에 와서 형님이 혼자 요양하고 있는 방으로 갔다. 형님이 폐결핵肺結核과 싸우고 있는 방이었다. 형님은 방 벽면에 소월素月의 '진달래 꽃'이라는 시詩를 만년필로 써서 붙여 놓았다. 아마도 원고지를 여러 장으로 연결해서 썼던 것 같다. 그 시를 읽어주면서 잠이 오지 않는 새벽에 동생인 나를 생각했다.

잠결에 팔베개가 허전해서 정신을 차려보면 혼자 쓸쓸히 병마와 싸우고 있다는 것을 알았다. 적막한 새벽 시간임을 발견하곤 했다.

참! 슬펐다. 본인의 슬픈 환자 심정을 이야기해 주는 형님과 듣고 있는 나는 서로 껴안고 울었다. 진달래꽃 시구詩句같이 '나 보기가 역겨워 가실 때에는… 죽어도 아니 눈물 흘리오리다'.

특히 아버지로부터 물려받은 서정적인 성격의 바탕 위에 형님의 병치료와 함께한 짧은 시 한 편은 감정의 가슴을 풍성하게 만들었으리라. 소년기에 눈물지었던 지난 시간이 더 정적인 사람으로 자라나게 했던 것 같다. 그 감정으로 사람을 좋아하고, 사람의 관계에 대하여 글을 쓰고, 쓴 글을 저장해서 모으는 취미를 가지게 했으리라.

1976년에 고등학교를 대구로 유학遊學 갔다.

입학 기념으로 형님이 '돈가스'라는 음식을 사줬다. 처음 대하는 음식이었다. 음식의 모양도 생소했지만, 숟가락 외에 칼과 포크도 있었다. 옆자리의 손님을 살펴가며 조용하게 형님에게 물었다. 음식의 이름이 무엇인지를? 그리고 어떻게 먹느냐고 속삭였다.

형님의 대답은 의외였다. 돈까스라는 음식인데, 옆 사람에게 피해가지 않게, 방식에 구애됨이 없이 편하게 먹으면 된다고 말했다. 눈치를 살펴 형님이 어떻게 먹는지를 살폈다. 형님은 바싹 튀긴 고기를 한꺼번에 모두 썰어놓은 뒤, 칼은 내려놓고 포크로 찍어 먹기 시작했다.

지금도 양식을 먹을 때는 그때 형님에게 배운 방법대로 고기를 한꺼번에 썬 뒤 먹는 방법을 고수하고 있다.

종종 그때 형님의 모습을 떠올려 본다. 10대의 청소년기에 남을 배려해서 남에게 피해被害주지 않은 사회성社會性을 객지생활을 시작하는 동생에게 가르쳐준 소견所見은 어디서 시작이 되었을까를?

순박한 촌놈이었지만 간혹은 우쭐해하는 형님을 둬서 자랑스럽기도 했고, 마음속으로는 형님보다는 한 가지만이라도 뛰어나게 잘하고 싶었다.

부모님으로부터도 형님보다 나은 동생이라는 칭찬을 받고 싶은 아이로 커가고 있었다. 단 한 가지만이라도…. 흔히들 이야기하는 선의善意의 경쟁競爭을 가슴속에 성장시키고 있었다. 글의 단어들을 조합하여 문장을 만들고 단락段落을 만드는데 지루해하지 않은 취미로 글을 쓰고, 쓴 글을 한글 파일에 저장을 하는 데까지는 형님의 모습을 보고 자연스럽게 만들어졌다.

형님이 해오고 있고 생활 속에서 봐 온 것이 교육이 되었다. 형님이 가르쳐 주지 않아도…. 형님이라는 선의의 경쟁자, 맏아들에 대한 편애偏愛적 사랑 같은 게 나를 꾸준히 글 쓰게 만들었다.

몇 해 전, 형님이 동생인 나에게 보낸 이메일을 옮겨 본다.

너가 나에게 메일을 보냈다는 핸드폰의 문자를 보고 열어보니, 지나간 세월에 대한 찐한 그리움이 나의 마음을 뭉클하게 한다. 난 순둥이였고 소심했었지. 마음속의 얘기를 한마디도 못 전하는 게 나의 실체였지!

그렇게 지나온 삶 속에서 늘 강해야만 하는 나의 삶은 외유내강外柔內剛의 모습만 비쳤지. 문득 너가 보내준 책 한 권이 생각난다. MBC 윤영무 기자가 쓴 것으로 기억되는 『대한민국에서 장남으로 살아가기』란 책일 거야.

우리 어머니, 아버지의 아들로 살아가려면 건강한 척해야 하고, 잘사는 척해야 하고, 부모님이 걱정하시지 않게 노력해야 하고, 장남으로 살아가려면 맏형으로서 꿋꿋이 앞장서서 나약한 모습 보이지 않고 살아야 하고, 일곱 식구의 가장으로서 살아가려면 힘들어도 참아야 하고, 가장으로서 의연함도 보여야 하고, 이런 삶 속에서 난 너무 소심하고 너무 내성적이고 너무나 나약한 성격의 소유자所有者이지!

그러나 나의 삶의 무게는 어머니, 아버지가 가르쳐 주신 부지런함과 성실함으로 이겨내고 있지. 시골 마을의 쪼끄마한 곳에서 태어난 삼 형제가 지금 서울 하늘 아래서 열심히 살아가게 하는 모티브motive는 뭘까?

너의 정성精誠이 나의 마음을 흔들어 깨우는 것 같아 너무 좋다. 눈물이 난다, 많이….

고맙다. 대순이와 철순이가 내 동생으로 있어줘서 너무 고맙고, 누나가 부모님 곁에 있어줘서 너무 감사하다. 어머니, 아버지가 생존해 계심에, 이 세상에 우리 사 남매가 있음에 감사드릴 따름이다.

센티sentimentalist해질 시간이 없다. 이거 독수리 타법으로 한 시간 가까이 쓴 글이다. 끝맺어야겠다. 그 끈을 너가 끈질기게 이어주고 있구나, 고맙다.

2011. 4. 5. 형 영순 씀

각박한 서울이라는 객지에서 부모님 피를 이어받은 형제가 서로를 격려하며, 감싸주며 하루하루를 쌓으면서 살아가게 하는 버팀목이 되고 있다.

거대기업은 아니지만 소담한 기업체를 운영할 수 있는 용기와 어려울 때마다 꿋꿋하게 이겨내면서 사업체를 영위할 수 있는 것도, 억세고 끈질긴 부모님의 우성적인 유전인자만을 받은 혜택惠澤이라고 생각한다. 허허벌판과 같은 냉랭하게 바람 부는 서울 하늘 아래서….

오래전 형님에 대한 나의 심정을 써 놓았던 글을 옮겨 본다.

나의 형

어릴 때 나의 소망은

형을 이겨보는 것이었다.

영순이네 아버지?

영순이네 집으로 불리는 것도

대순이네 아버지로

이웃집 어른들이 불러주시는 것이

바람이었다.

동생이 아장아장 걸음마를 배우던 무렵

이웃 어른들은 동생의 이름을 붙여

철순이네 집으로 불렀다.

그때서야

둘째인 나의 한계를 절감하고

체념에 들어갔던 것 같다.

어릴 때 나의 형은

나보다

훤칠한 외모로

학교에서 많은 상장賞狀을 타오기도 하고

나보다

운동을 잘해 운동선수로 많이 뛰었던 형이다.

또 한편으로 나의 형은

좌절하기도 하고

건강에 어려움이 있어

학교를 쉬기도 하고

군 생활 때는 마산통합병원으로 후송을 가기도 했다.

그러나

멈추지 않고

끊임없이 노력하고

은근과 끈기로 정진하는

형이 자랑스러웠다.

쉰을 넘어서 딴

박사학위보다도

더 박사다운 인생을 살아온 형이기에

존경스러웠다.

약관의 나이에 명예를 얻어

장년에 멈춘 인생보다는

처음처럼의 의미를 보여주는

형이 더 멋이 있다.

목숨이 다하는 날까지

우직스러운 형으로 존재하는데

믿음을 의심해 보지 않는다.

그 이유는

우리 어머니의 열정이 있는 유전인자가 핏속에 흐르기 때문이다.

나의 형은!

- 2011. 2. 24. -

MBC 윤영무 기자가 쓴 책 『대한민국 장남으로 살아가기』에 쓰여있는 내용을 인용하고 이 단락을 마감하려 한다.

우리 시대 장남이란

고개 숙인 한국 남성의 표상이다.

제사라는 굴레를 아내에게 씌우는 남편으로서,

동생들을 보듬어야 할 능력 없는 큰형으로서,

또 조만간 생계 능력을 상실할 부모를 모셔야 할

큰아들로서 이중삼중, 책무만을 지닌 존재일 뿐이다.

이미 파탄이 난 결혼 생활을 접지도 못하고,

그렇다고 훌쩍 떠나 새로운 삶을 시작할 수도 없는,

그야말로 빼도 박도 못하는 현실의 포로인 것이다.

왜 나는 장남으로 태어났을까!

살면서 스스로에게 가장 많이 던진 질문이었다.

종손 권대용 님의 전화

2016년 6월 18일 아버지의 장례를 치르고 며칠 지나서 종손宗
孫 권대용 님이 전화를 걸어 왔다. 가정에 최고 어른을 보내드리
고, 큰일 치른다고 고생한 것에 대한 격려와 또한 인생을 더 살
아왔던 지혜를 전해 주기 위해서였다.

그러면서 몇 가지를 당부를 했다. 아무리 연세가 많아도 부부
로 사시다가 한 분이 돌아가시면 생존해 계시는 분이 많이 외로
워하시게 된다. 어머니가 혼자 계시는데 그렇지 않아도 울적하
신 마음을 자제하고 있는데 자식들이 말을 불편하게 해서 마음
이 서운하지 않도록 잘 해드리라고 했다.

마음을 아프게 하는 것이 주로 말인데, 우회적인 화법으로 뜻
을 전하고, 큰 틀에서 의미만 전하는 것이 좋을 성 싶다. 너무
상세하게 뜻을 전하다가 보면 감정感情이 내포內包 되어 그 감정

을 실은 표현이 다 키워 놓은 자식인데 요긴要緊할 때 쓸모가 없는 자식으로 평가받을 수 있다고 했다.

어머니의 가문家門 진성이씨眞寶李氏는 지금 시대이지만 스스로 가치를 인정해 주고 있는 집안이다. 안동에서 진성이씨眞寶李氏 주촌파周村派로 성장하셨고, 안동 와룡의 두루라는 뿌리 튼튼한 곳에서 가정교육을 받으시고 의성 안평으로 혼인되어 오신 분으로 고풍古風이 충만充滿하시고 사람다운 모습으로 살아가는 내재적內在的인 요소가 가득하신 분이니 더 그러하다.

현대사회에는 한집안 가족 구성원들이 각자 다른 종교를 가질 수 있다. 혼재混在된 종교宗敎가 잘되었다, 못되었다 논論하기는 잘못되었고, 중요한 것은 타종교에 대한 서로 존중尊重하는 마음을 가지는 것이 중요하다. 그러므로 서로가 돈독敦篤해지는 계기가 될 것임을 중히 여겼으면 좋겠다.

어머니마저 돌아가시면 지금 왕래往來하는 집안의 가족들과도 한 촌수씩 더 멀어진다. 윗대 어른이 돌아가신다는 것은 가족관계도 멀어진다는 의미이다. 어머니를 잘 모시면서 생존해 계실 때 대소가와 왕래를 빈번히 했으면 좋겠다.

아버지가 2대째 양자養子를 온 집안으로 손세孫世의 확장과 인품人品으로도 존경尊敬을 받으신 분이었다. 생전의 아버지의 인품에 손상損傷이 가지 않게 언행에 각별各別히 신중愼重을 기해 주길 바란다.

지금은 가정에서 관혼상제冠婚喪祭는 중요하지 않은 게 사실이다. 곧 모든 행사는 유교가 바탕이 되어 어른들로부터 전해 내려왔는데 이런 것이 있다는 정도로 알고 주변 사람과 의논하여, 윗대에서 해 오던 행사와 비슷한 수준으로 진행하면 되겠더라고 했다. 더 비슷하냐 아니면 동떨어진 모습으로 행사를 하느냐의 차이다.

종손宗孫 본인과 우리 집안과는 5대조는 같은 형제였다. 얼마나 가까운 혈육관계血肉關係인가? 약 150년 전에는 한집에 살았던 형제였다. 참 가까운 집안인데 현대의 도시화 영향과 객지생활 때문에 멀게만 느껴지는 관계가 되었다.

권대용權大容 님은 안동권씨 부정공파副正公派 대곡문중 송파공松坡公의 12대 종손으로 송파공의 휘자諱字는 가징可徵이다. 종손宗孫의 할아버지는 독립운동가 추산秋山 권기일權奇鎰 선생이며 그분의 손자이다. 고향은 경북 안동시 남후면 검암리 대애실이다.

추산 권기일權奇鎰 선생은 1912년 만주로 망명, 독립운동에 투신하면서 3,000섬지기로 40여 명의 노비를 뒀던 거족의 자취는 완전히 사라져버리고 말았다. 추산의 나이 만 25세였다.

추산은 전 재산을 털어 이시영李始榮 선생, 김좌진金佐鎭 장군 등과 함께 만주에서 신흥무관학교를 설립하는 등 독립을 위해 노력하다 1920년 일본군에게 살해됐다. 그의 아들 형순衡純 님은 광복과 함께 1945년 9월 고향으로 돌아왔지만, 아버지를 일찍 여의고 교육도 제대로 받지 못해 마땅히 할 일이 없었다. 형순 님은 거리에서 부인과 함께 리어카 간장 행상으로 연명했다.

안동 일대에선 양반의 장손이 행상을 한다는 사실 자체가 화제가 되었다. 독립운동을 하면 3대가 망한다더니…, 하는 수군거림도 있었다. 하지만 형순 님은 평생 부친과 가문에 대한 자긍심을 잊지 않았다. 술 찌꺼기를 먹고 살아도 일본 놈 밑에서 사는 것보다는 낫다며 고된 생활을 견뎌냈지만, 가난은 끊이지 않았다.

어려운 가정 형편 때문에 중학교를 중퇴한 그의 아들 대용 님은 현재 30년 넘게 안동에서 택시를 운전하고 있다. 1977년 뒤늦게 추산의 공로가 인정돼 건국포장을 받고 지금은 월 60만 원 정도의 연금 등 보훈 혜택을 받고 있지만, 가문의 옛 위풍과 거리가 먼 것은 물론이다. 할아버지를 원망하지 않는다. 젊었을 때 한두 번 왜 원망이 없었겠느냐! 친척들이 못 살고 못 배웠다는 이유로 아버지에게 함부로 대하는 것을 볼 때면, 거꾸로 된 세상을 개탄하기도 했다.

요즘 대용 님은 가족들이 바르고 건강하게 잘 살고 있는 것만도 조상의 음덕蔭德이 아니겠느냐고 여유를 보여줬다.

추산 집안의 막대한 재산은 만주에서 항일 독립운동의 산실이 된 신흥무관학교를 1912년 이전 확장하는 데 크게 기여했다. 그는 1920년 8월 15일 무관학교를 공격해 온 일군과 맞서 항거하다 순국할 때까지 8년여 동안 신흥무관학교를 운영하는 데도 큰 힘을 보탠 숨은 애국독립지사愛國獨立志士였다.

안동권씨 부정공파副正公派 대곡문중 이야기는 안동대학교 사학과 교수 겸 경상북도독립운동기념관장 김희곤 님이 쓴 역사서歷史書『독립운동으로 쓰러진 한 명가의 슬픈 이야기』와『순국지사 권기일과 그 후손의 고난』등에도 고스란히 기록이 되어 있다.

독립투사獨立鬪士 그들은 누구인가?

국가의 존위尊位를 위해 목숨을 담보擔保하고, 조상으로부터 물려받은 전 재산을 처분해서 독립운동獨立運動을 위하여 바친 분들이다.

그들의 후손은 몇 대에 걸쳐 고난苦難과 빈곤貧困의 둥지에 갇힌 새가 되었으나, 결코 포기하지 않고 국가의 시련試鍊과 함께 이겨내고 있다. 그 후손들의 고단한 실상을 글로 써 보았다.

싸가지

대가리와 몸통은 다 빼고

꼬리지느러미 몇 개를 전부인양 싹 잘라 평가를 하는

싸가지 하고는!

안동 남후의 대애실 들畓 천석 거부의 전답을 모두 팔아

대한조국을 찾는 독립운동자금으로 써

만주 통화시市 신흥무관학교에서 칠천여 명의 독립군을 양성하다가

그 뒷산에서 일군日軍의 총 맞은 순국지사의 손자

대를 이은 고단孤單한 삶

독립투사의 손자가 그렇게 근근僅僅이

안동 시내에서 택시운전으로

입에 거미줄을 치고 있는데

뭐!

"택시기사를 하고 있다고!"

알지도 못하면서 뭉뚱그려 한마디 하는 말이

참! 싸가지도 없구나?

내 영원히 기억하리다.

그 입으로 뱉은 싸가지가

가슴에서 나왔는지?

혀끝에서 나왔는지?

책 쓰기를
준비하면서

어머니의 일생에 관한 글을 어떻게 전개展開하며, 어떠한 내용으로 기술해야 하며, 제목을 붙여야 할지 고민을 했다. 복잡한 서울의 길거리를 걸어 다니면서, 한적한 산행을 하면서도 몇 년 간을 심사숙고했다. 문득 스치는 생각들을 아무 종이의 여백에 기록記錄을 하고, 그것마저도 여의치 않으면, 스마트폰 메모 어플에 저장貯藏을 해서 글쓰기에 인용引用을 했다. 책 제목은 무엇이 좋을까를 생각했다. 단순하게 '어머니'라는 제목은 일반적으로 많이 붙여진 것이기 때문에 식상食傷하리라 생각이 되었다. '어머니의 일생', '나의 어머니', '어머니의 흔적', '어머니의 세월' 등을 생각하며 고민苦悶을 거듭했다.

어느 날 뜻하지 않게 깊이 고민하던 게 해결할 수 있는 기미機

微가 보였다. 책 한 권을 수중手中에 넣고 읽어 봄으로 문제의 실마리가 조금씩 풀려나가기 시작했다. 서울 도곡동의 빌딩 숲이란 갈 만한 곳이 없다. 잘 다듬어진 양재천의 둑길이 제격이지만 근무시간에 배회俳徊한다는 게 마땅하지 않았다. 도심都心에서 하천河川이 잘 정비整備가 되어 있고 친환경완충재親環境緩衝材의 도보길과 조경수造景樹, 팔뚝만 한 크기의 잉어가 무리를 지어 어슬렁거리고, 징검다리에서 시냇물 소리에 귀 기울이고 있는 나의 모습을, 나를 아는 다른 사람이 본다면 어떻게 생각할까 하니 마음이 편하지 않았다. 할 수 없어 찾아간 곳이 빌딩 지하의 서점書店이었다.

이 책, 저 책을 손을 뻗어 펼쳐 든다. 그러다가 눈으로 들어온 책 제목이 있어 가늠해서, 펼쳐지는 중간 부분을 읽어 보곤 9천 원을 주고 샀다. 최인호 작가가 쓴『어머니는 죽지 않는다』는 책이었다. 그동안 우리 어머니에 대해서 책을 쓰고자 고민苦悶하고 상상想像했던 상당한 부분을 해결하고 방향을 일러준 책이다. 그렇다고 그 책이 내가 고민했던 모든 것을 해결해 준 것은 아니었다.

작가 최인호 님은 1945년 서울에서 3남 3녀 중 차남으로 출생하여 서울고등학교 2학년 재학시절 단편『벽구멍으로』로 한국일보 신춘문예에 가작佳作으로 입선入選하였다. 1973년 스물여덟의 나이로 조선일보에 소설『별들의 고향』을 연재連載할 정도로 젊고, 대중성이 뛰어난 작가였다. 그러나 암癌으로 68세에 일찍 사망했다.

최 작가의 글은 독자들이 부담없이 술술 잘 읽을 수 있고 표현법表現法이 좋다. 통상적인 전기傳記 형식의 글은 출생에서부터 고인이 될 때까지 일생 전체를 기록하는 게 관례이다. 그러나 『어머니는 죽지 않는다』라는 책에서는 작가 어머니의 나이가 예순여덟 살부터 서술敍述하였다. 작가의 나이 대략 사십 살 어간의 늙지도 그렇다고 청년도 아닌 어중간 때, 어머니와 일상을 회상回想하였다. 추측하건대 가장 많은 기억력을 바탕으로 어머니가 돌아가신 후에 어머니의 냄새를 그리워하며, 후회後悔하며 쓴 글이었다.

사람의 삶이 무엇인지, 아버지로 살아 본 자신의 삶과 비교해서, 어머니로 사신 어머니의 인생이 만만하지 않았음을 알 수 있었고, 그 어려운 환경 속에서 무난하게 삶을 극복한 인간승리人間勝利라는 걸 느낀 다음에야, 기억記憶을 되살려 생생하게 쓴 글이었다.

목구멍에서 솟구쳐 오르는 뜨거운 이야기들을 끄집어내어 눈시울을 붉혀가며, 활자체로 전환한 글임을 알 수가 있었다. 최 작가는 어머니에 관한 글을 묶은 원고를 읽고 교정校訂하면서 많이 울었다고 기록했다. 새삼스러운 그리움 때문이 아니라 살아생전 어머니가 얼마나 외로웠을까 하는 슬픔이 회상回想되었기 때문이라고 술회述懷했다.

'모방은 창조의 어머니라고 한다' 책을 만들려면 다른 책을 읽어 보면서 참고하는 게 최고의 방법일 테지…. 제목과 구성에 대하여 분석을 하고 적용될 수 있는 사례를 기록도 했다. 그 책에서 글쓴이의 마음을 헤아려보면서, 책 속의 이야기를 간추려 보면서…. 그렇게 우리나라에서 베스트셀러라는 책을 참고하기도 했으며, 저자와 이메일을 통해서 소통도 해봤다.

2010년에 출간한 에세이집 『아프니까 청춘이다』는 37주 연속으로 도서 판매량 1위에 올라 독자들이 선정하는 '2011 최고의 책'으로 선정되었다. 그 책의 저자인 김난도 교수와 책 쓰는 기법에 대한 의견을 주고받은 메일을 소개한다.

김난도 교수님, 안녕하십니까?

저는 군인공제회에서 근무하고 있는 권대순이라고 합니다. 뵙지는 않았지만 책을 통해서 편안한 분, 어떤 분야든 상담에 응해 주실 것 같은 가까운 분으로 가슴에 자리 잡고 있습니다. 후미진 포장마차에서 입가에 고추장을 묻혀가며 같이 떡볶이를 먹을 수 있을 거라고 생각이 되는 분입니다.

집필하신 책의 내용 중에, 다른 책의 내용을 인용하신 문장이 더러 있었습니다. 그 인용 글을 관리하는 방법이 궁금합니다. 어떻게 관리해야만 글의 제목과 내용에 맞게 인용 글을 쉽게 뽑아서 전체 문맥이 더 공감이 가도록 승화시키는지 궁금했습니다. 어떤 책을 읽고 그 문장이 좋으시다면 보관 및 관리할 때 남들과 다른 특이한 방법이 있을 것 같다는 예감이 들었습니다.

이렇게 질문하는 이유는? 10년의 넉넉한 시간을 두고, 조급하지 않게 가칭 책 제목 『어머니의 자리』라는 자서전自敍傳을 준비 중에 있습니다. 계획대로라면 대략 육십 대 초반에 발행이 되고 잘되면 문단에 등단하는 어설픈 작가를 꿈꾸며, 김난도 교수님의 책을 많이 참고하려고 합니다.

공감하는 글, 연필로 밑줄이 많이 그어진 책!
그 책을 쓰신 교수님, 한 번도 뵙지는 못했지만 자주 뵌 듯한 분으로 생각이 듭니다. 나날이 행복하시고 늘 좋은 일만 있으시길 빕니다.

2012. 9. 26
서울 용산에서 권대순 드림

며칠이 지나 김난도 교수로부터 짧은 답장의 이메일이 왔다.

편지 잘 읽었습니다. 책 좋게 읽어주셔서 고맙습니다. 이런 감사의 편지를 받으면 저도 보람을 느끼게 됩니다.

문헌을 관리하는 특별한 방법은 없습니다. 인터넷 구글 문서와 핸드폰 메모장에 좋은 표현을 출처와 함께 메모해뒀다가 책을 쓸 때 다시 읽고 인용할 부분을 결정합니다. 글쓰기 책 등을 꾸준히 읽으면서 문체를 잘 가지고 가는 것도 좋은 방법이겠지요.

멋진 책 쓰시길 빕니다. 파이팅! 란도샘

2012년 10월 07일

김난도 작가 겸 교수는 1963년 서울에서 태어나 마포고등학교를 졸업하고, 서울대학교 법과대학에 입학하였다. 행정고시를 준비하였으나 세 차례 낙방한 끝에 고시공부를 포기하고, 미국으로 유학을 떠나 서던캘리포니아대학교에서 박사학위를 받았다. 현재 서울대학교 생활과학대학 소비자학과 교수로 재직 중이다.

이렇게 준비를 하면서 어머니에 관한 이야기를 생존에 계실 때 남기면, 언제일지는 모르지만 곁에 계시지 않더라도 조금이나마 슬픔이 덜할 것이라 생각을 해본다. 가까이 계실 때 궁금한 것을 더 물어 생생한 사실事實을 기록할 수 있고, 어머니의 가슴속의 잔잔한 숨소리마저도 귀로 들어보고, 눈으로 들여다

본 후 어머니의 심정心情을 그래도 비슷하게 기술해 보고 싶다.

아버지가 병상病床에 계실 때, 중병으로 말씀을 못하셔서 대화가 되지 않으니 애통했다. 궁금한 내용을 여쭙고 싶어도 그렇게 안 되니 애달팠다.

논어論語에 나오는 구절이라고 한다.

수욕정이 풍부지樹慾靜而 風不止요, 자욕양이 친부대子慾養而 親不待이라.

나무는 가만히 있고자 하나 바람이 그치지 않고, 자식은 효도를 하려 하나 부모는 기다려 주지 않는다.

어머니의 삶에 관한
질문서

자서전自敍傳 형식이라고 하면 어머니의 출생으로부터 현재에 이르기까지 모든 기간이 해당이 될 것이다.

어머니의 태몽을 포함한 유년시절과 초등학교의 학창시절부터 결혼 후 현재에 이르기까지의 내용을 포함해야 한다고 생각했다. 취미, 습관, 생활의 모습을 묘사하고 어머니와 어머니의 주위 분들의 구술을 글로 다듬어야겠다고 생각했다. 결국은 어머니의 기억을 바탕으로 구술口述로 표현해 주면 문자로 변경해서 기록하는 방법이 최선이다. 하지만 어머니의 기억력記憶力에도 한계가 있다.

어머니 외 자료 수집에 중요한 역할을 할 사람은 아버지였다. 그러나 아버지가 작고作故하심으로 객관적인 자료 수집에 어려움이 있었던 것도 사실이었다. 10년 정도의 시간을 두고 완성하겠다는 계획을 앞당긴 이유도 아버지가 기인起因을 했다. 계획했던 10년의 종료 시점은 2022년이었다. 아버지가 이 세상을 떠나실 것이라고는 상상하지 못했으니까! 빨리 자료를 모으고 출간出刊이 되지 않으면 공수표空手票로 돌아갈 것이 뻔한 이치였다. 그래서 서둘렀다.

기억을 되살리는 방법도 여러 가지이다.

'뚜렷한 기억보다 희미한 연필 자국이 낫다'는 격언은 종이에 의한 기록의 중요성을 강조하는 문구이다. 통상적으로는 기록에 의존하는 방법을 고수한다. 자서전自敍傳도 기록의 방법을 따르는 것이다. 기록하는 것에 반대되는 방법은 마인드맵Mind map이다. 성공하려면 기록하는 습관을 버려야 한다는 이론이다. 런던의 언론인 출신인 '토니 부잔'은 마음속에 지도를 그리듯 해야 한다고 주장하고 있다.

어머니의 일생 모두를 기록한다는 것은 한계가 있었다.

그렇다고 일정 기간만 기술하면 자서전自敍傳 형식으로 부족한 면이 있어 고민되었다. 전체적인 윤곽은 일생의 전체를 기록하고, 특정사안에 따라 구체적으로 묘사하는 것이 타당하다는 결론을 내렸다.

이야깃거리를 바구니에 담는 방법은 어머니와 대화할 시간을 많이 가져야 했다. 깊이 있는 대화가 이뤄질 수 있도록 계획을 세우고 이를 소제목에 연계하여 세세한 자서전自敍傳을 기록하면 되겠다고 생각했다. 사전에 대화할 질문서質問書를 작성해야만 누락漏落을 방지할 수 있을 것이라 판단했다. 질문서에 의해서 대화가 진행될 때는 필히 녹음과 필기로 병행해서 기록해야만 한 권의 책을 만들기가 수월하다는 것은 모두가 아는 사실이다.

그 질문서質問書의 항목을 옮겨 본다.

1. 외할머니나 외할아버지가 어머니 태어날 때의 태몽은?

2. 갓난아이 때 어떠했는지 들었던 이야기는?

3. 차교라는 이름은 누가 지었나요?

4. 차교라는 이름의 뜻은?

5. 10세 이하 때는 어떠했나요? 행동, 신체발달, 남매들과 관계 등 들었던 이야기는?

6. 결혼 전 청소년기에는 어떠했는지 들었던 이야기는?

7. 결혼 전에 외가에서 성장하시면서 가장 생각나는 것은?

8. 외할머니는 어떠한 분으로 생각합니까? 그리고 그분보다 더 잘 사셨다고 생각하는지요?

9. 외할아버지는 어떠한 분으로 생각합니까?

10. 성장하시고, 결혼 생활 중에 외할머니, 외할아버지께 죄송스러웠던 점은?

11. 외할머니, 외할아버지 중에 어떤 분의 영향을 더 많이 받았나요?

12. 외할머니, 외할아버지가 살아 계신다면 바라는 게 뭐예요?

13. 외삼촌이나 이모 중에 하고 싶은 이야기가 있나요?

14. 외삼촌이나 이모 중에 가장 고마운 분이 있어요? 그 이유는?

15. 외가 안동 와룡면 주하2동 뒷골 하면 떠오르는 것은?

16. 결혼은 몇 살 때, 누가 중매를 했나요?

17. 아버지 얼굴을 처음 본 때는 언제이죠?

18. 아버지의 첫인상은?

19. 어머니와 같이 63년 같이 사셨던 아버지는 어떤 분이라고 생각이 드세요?

20. 할머니의 얼굴은 언제 처음 보았나요? 그리고 무슨 말씀을 해 주셨나요?

21. 할머니의 첫인상은?

22. 할머니가 무서웠나요?

23. 할머니가 살아계시면 뭘 해드리고 싶어요?

24. 다음은 할아버지 순으로.

25. 그다음 생가의 할머니, 할아버지 순으로.

26. 아버지와 결혼을 후회하세요?

27. 가장 기대를 하고 장래성이 있다고 생각했던 자식은?

28. 지금 생각해서 자식을 키우면서 부족했다고 생각했던 것은?

29. 자식을 키우면서 이것만은 잘 가르쳤다고 생각했던 것은?

30. 자식을 키우면서 가장 힘들었던 시기는?

31. 지금 자식을 키우면 이것만은 절대 안 하겠다는 언행이나 가정교육 방법은?

32. 시댁 식구 중에 가장 고마운 분은? 그 이유는?

33. 시댁의 동네 안평, 그리고 양지는 어떤 곳으로 평가합니까?

34. 의성군 안평면 박곡동 881-3번지 우리 집 하면 떠오르는 게 무엇인가요?

35. 아끼고 싶은 물건이나 옷이 있어요? 그 이유는?

36. 감명 깊게 봐서 아직도 생생하게 떠오르는 드라마나 영화? 그 이유는?

37. 좋아하거나 생각나는 노래는?

38. 좋아하는 꽃이나 색깔이 있나요? 그 이유는?

39. 가장 받고 싶은 선물은?

40. 감명 깊게 들어서 잊지 않은 이야기는?

41. 내 생애 가장 행복했을 때는 언제였나요? 이유는?

42. 현재 스스로의 삶은 행복합니까?

43. 지금 가족이 아닌 사람들 중에 생각나거나 보고 싶은 사람은?

44. 지금도 보기 싫은 사람이 있나요?

45. 살아오면서 최고로 힘들었던 순간은?

46. 힘이 들 때는 어떻게 그 순간을 버티어 냈어요?

47. 지금 어머니는 뭘 희망하며, 무엇을 꿈꾸세요?

48. 지금 어머니가 자식이나 남들로부터 가장 듣고 싶은 말은?

49. 자식이나 남들로부터 가장 듣기 싫은 말?

50. 지금 어머니가 가장 가고 싶은 곳은 어딥니까?

51. 사랑이라는 단어를 이야기하면 떠오르는 것이 있어요?

52. 언제나 도움만 받았던 사람이 있어요?

53. 어머니를 가장 힘들게 했던 사람은?

54. 지금 당장 생각하지도 않았던 현금 1억 원이 생겼다면 뭘 하시고 싶으세요?

55. 거울 속의 어머니를 보면 뭘 느끼세요?

56. 어머니가 가장 부족하고 못났다고 생각하는 것은?

57. 어머니가 가장 싫어하는 인간상은? 이유는?

58. 가고 싶지 않은 장소가 있어요?

59. 어릴 적 장래희망이 뭐가 되고 싶었어요?

60. 만나고 싶은 친구가 있으세요?

61. 무슨 음식을 먹고 싶으세요?

62. 먹기 싫은 음식이 있어요? 그 이유는?

63. 어머니가 턱없이 부려본 고집은? 생각나는 게 있어요?

64. 어머니 스스로의 모습이 가장 예쁘게 보일 때는 언제입니까?

65. 슬퍼서 눈물을 흘린 적은 언제, 뭐 때문에 그랬어요?

66. 어머니의 장점은 뭐라고 생각하세요?

67. 다음에 태어난다면 무엇으로 태어나고 싶어요?

68. 슬픈 노래를 들으면 생각나는 사람이 있어요?

69. 어머니가 여자라서 안 좋은 점은?

70. 지난 시절 시간이 남아서 심심할 때가 있었어요?

71. 시간의 지나간다는 게 무서울 때가 있었어요?

72. 어머니는 언제 행복했었고, 힘이 솟아나는 시기는요?

73. 언제 가장 불행했었고, 힘이 들었나요?

74. 어머니가 알고 있는 사람 중에 가장 부러웠던 사람이 누구라고 생각하세요?

75. 어머니가 생각하는 기준에서 성공한다는 게 어떤 거지요?

76. 죽어서도 잊지 못할 사람은 있어요?

서양의 격언 중에 기록의 중요성을 강조한 글귀가 있다. '아무리 흐린 잉크도 가장 훌륭한 기억력보단 낫다'는 표현이다.

우리나라도 기록문화가 활발했다. 조선왕조 500년을 기록한 『왕조실록』이 있다. 조선왕조 태조 이성계부터 철종에 이르기까지 25대, 472년간의 역사를 편찬한 실록을 총칭하는 것이다. 고종실록이나 순종실록은 일제의 주도하에 심각하게 왜곡이 되어 실록으로 인정하지 않는다.

지금의 대통령 비서실과 같은 곳으로 조선시대의 승정원이 있다. 승정원에서 왕이나 부서部署에서 올라온 일거수일투족一舉手一投足을 기록한 『승정원일기』도 있다. 또한 왕 스스로가 기록한 일기로 『일성록』도 존재하고 있다.

개인적이지만 어머니의 삶을 남기는 책 『어머니의 자리』도 기록으로 큰 의미가 있다는 것을 밝히고 싶다.

축하의 글

동생 대순, 고맙고 장하다.

멈추지 않고 끊임없이 걸어와서 소박素朴한 우리의 어머니의
삶을 이야기로 탄생誕生시켰구나!

잊지 않고, 긴 시간에 걸쳐, 몇 년의 세월을 뛰어넘어서 약속
을 기어이 이루어줘서 존중尊重한다.

옛 정서로는 맏아들인 내가 이뤄야 할 부분임에도 차남次男으
로 끈기를 가지고 완성하였기에 참 기특하고, 애썼다고 기꺼이
격려激勵해 주고 싶다. 같은 어머니의 자식으로 맏이면 어떠하
며, 차남인들 어떠하랴….

이 책『어머니의 자리』는 평범한 가정에서 어머니가 중심이 되
어 살아왔던 한 가정의 이야기이다. 힘들고 어려웠던 시절에 가
난에서 벗어나려고 발버둥치시는 어머니 시대의 고난의 이야기
를 쓴 글이다. 곧 이웃집의 이야기도 될 수도 있고, 운명運命적으

로 우리나라에서 태어나신 우리 모든 어머니의 삶이라고 생각
이 된다.

어머니가 촛불이 되어 희생하시면서 살아가는 소소한 이야기
를, 수년간 써서 모은 것이다. 한 자 한 자 쉼 없이 쓰고 모았지
만, 천상天上 우리나라에서 살아오신 어머니들의 삶에 비하면 하
잘것없는 단어를 모았음은 자명自明한 사실이다. 아주 별스런 내
용을 담고 있는 것도 아니다. 50여 년 전부터 눈뜨면 일어났던
일상을 기억나는 대로 활자화活字化시켜 놓은 것이다.

10여 년 전 유명작가가 쓴 어머니에 관한 책을 읽고 불현듯이
내가 직접 우리 어머니에 대하여 글을 쓰고 책을 출간出刊해야
겠다는 생각을 하였다. 혼자 사무실에서 직원들이 엿볼까 봐
문을 잠그고 컴퓨터 자판을 두들겨 보았다. 생각처럼 작문作文
이 잘되지 않았다. 궁여지책窮餘之策으로 나의 솔직한 심정을 동
생 대순에게 전한 것이 조촐한 책으로 출간되어 기쁨이 하늘을
찌르는 것 같다.

동생 대순도 가장家長으로, 직장인職場人으로 기본적으로 해야
할 일이 있었을 테고, 놀고 싶었음에도 자제를 하며 부지런을 떨
며 글을 썼을 것이다. 그래서 더 고마움을 느낀다.

책이 완성되기까지 어찌 동생 대순의 혼자의 힘이었겠는가?
아버지 권혁근 님의 섬세한 감성과 어머니 이차교 님의 삼복三伏

같은 열정을 유전인자로 받았기에 가능하였을 것이다. 기록하고, 기억했던 자료를 전해 준 일가친척一家親戚과 지인들에게도 고마움을 진심으로 전하고 싶다.

　말話은 타인에게 전달되면서 과장誇張되기도 하고 굴곡屈曲되기도 하지만 글書은 변화하지 않는다는 긍정肯定의 요소가 있다. 인쇄된 글은 보존만 잘 되면 그대로 변함없이 자자손손子子孫孫 읽히는 진실성眞實性을 내포하고 있다. 때문에 『어머니의 자리』를 책으로 출간하여 어머니의 이야기를 더 오래 보관하게 되어 무척 기쁘다. 다시 한 번 책을 출간하기까지 애를 쓴 동생 대순과 관심을 가져준 모든 분께 고개 숙여 감사를 드리면서, 2016년 6월 16일에 작고作故하신 아버지의 영전靈前에 이 책을 바쳤으면 좋겠다.

2016년 10월 이차교 님의 맏아들 권영순

재신씨티엔지(주) 대표이사(www.cjsk.com)
공학박사 · 대한시설물 유지관리협회 기술위원장 겸 대의원

인쇄를 하기 전에

원고 교정을 끝내고 인쇄를 하기 전에 몇 자 보태려고 한다.

책을 출간하는 데만 급급했다. 조급하게…. 처음 시작은 여유를 가지고 꼼꼼하게 글을 채워 2022년쯤 출간이 목표였다. 이것저것 소소하게, 더 정확하게 많이 담아 남기고 싶었다. 아버지가 8개월간 투병을 하시다가 2016년 6월 16일 작고作故하시는 것을 보고 마음이 급했다. 어머니도 연세가 많으시니까!

원고 교정할 때 문맥을 봐준 육군3사관학교 동기생 권대일 님의 아내 장원희 선생님, 고향친구 장규화 교장 선생님, 공무원으로 봉직 중인 외사촌동생 이기각에게도 고맙다는 뜻을 책 말미에 넣고 싶다.

특히 고향친구 장규화 님은 공인으로 바쁜 시간을 쪼개서 세세하게 읽고, 분석해서, 안평 부릿골 고향집에서 노트북을 펼쳐놓고 대여섯 시간 의견을 줬다. 감동스러운 조언은 "꼴도 보기 싫을 때 다시 한 번 더 봐야 된다"며 혼魂을 담은 자서전自敍傳 출간을 주문했다. 그래야만 나의 생각과 다르게 인쇄되는 것을 방지할 수 있다고 했다. 교정을 볼 때 커피 2잔과 홍시 2개를 내어 준 이승금 사모님께도 고마움을 전한다.

책이 나오기까지 정성을 기울여 주신 ㈜북랩 관계자와 출판사 업부 편집팀 권유선 님께 감사를 드린다.

그리고 끝까지 성원을 보내 준 아내와 자녀들에게도 고마움을 전하며 군 동기생 이병석 님의 쾌유를 진심으로 빌고 싶다.

2016년 단풍이 들고, 서리가 내릴 때, 서울 용산에서

권대순

가계도 家系圖

외가

증조부모 · 조부모 · 부모 · 나

- 2남 영주 / 느네통
- 장남 오성 / 김양교
- 장남 혁근 / 이자교
  - 장녀 필희 / 허규
  - 장남 영순 / 구정숙
  - 2남 대순 / 오광희
  - 3남 철순 / 박주희

친가

- 4남 영희 / 이명희
  - 장남 오성 / 김양교
  - 장녀 옥교 / -
  - 2남 오직 / -
  - 3남 오태 / 이문성
  - 4남 오원 / 신분식
  - 5남 오문 / 고하연
- 장남 혁근 / 이자교
  - 장녀 숙임 / 김수봉
  - 2녀 숙란 / -
  - 3녀 갑녀 / 황협임
  - 4녀 분교 / 신기증
  - 5녀 미순 / 정일순
- 장녀 필희 / 허규
- 장남 영순 / 구정숙
- 2남 대순 / 오광희
- 3남 철순 / 박주희